為你寫一首名為閃亮的歌

烏瞳貓——著

目次

序　章　005
第一章　開始總是令人措手不及　007
第二章　腹背受敵　029
第三章　心事就該藏心底　047
第四章　真相總有大白的一天　069
第五章　危機與轉機　101
第六章　心的距離　123
第七章　超載十年的記憶　147
第八章　如果不是一見鍾情　169
第九章　預感　193

第十章　為你寫一首名為閃亮的歌　219
最終章　245
番外篇　他的祕密　249
後　記　255

序章

「所以……這一次的主題是什麼？」男孩扯了扯嘴角，低沉慵懶的聲線綴上一抹斜陽。

「關於青春。」我仰起頭來，直視著他透著些許疲憊，卻仍舊耀眼的側臉。

「青春？」他淺笑，我卻頓覺眼尾濕潤。

「嗯，青春。那些……與你有關的……青春。」

我停下腳步，站在一個碰巧能將他整個人收進眼底的位置。

不近也不遠，卻是屬於我們，最適當的距離。

男孩緩緩回過身來，即將墜入海平面的殘陽灑落身後，從我的角度，看不清他臉上的表情，又或許，我從來就不曾看清。

「那結局呢？」他問，「與我有關的青春，會是什麼樣的結局？」

強忍著鼻酸，我驕傲地仰起頭來，對上他微微彎起的清澈雙眸，「祕密。」我說。

聞言，男孩爽朗地笑了起來。

「好，妳可愛，妳說了算。」語氣裡盡是藏不住的笑意。

在他回過身的那一刻，我終於又一次精準地捕捉到，那雙高掛雙頰的酒窩。

頃刻間，水氣氤氳，眼眶吹起的薄霧模糊了我的視線。

男孩沒有察覺我的停滯，就這樣毫不猶豫、抬頭挺胸地走入夜色。

目送著那道頎長的身影，我後悔自己從來不曾對他說過一句再見，卻也慶幸，我們從來……從來便不曾跟彼此道過一聲再見。

為了給他一個機會證明，證明他並不是一個不告而別的王八蛋。

我會站在這裡等。

等到他再次轉身走向我的那一天。

也許不會有這樣的一天，可我還是迫切地希望著，等到那個時候，不只是再見，我還能告訴他，告訴他於我們身上發生的一切——根本就不是他的錯。

也許這樣……

關於我們青春的結局，還有機會改變。

第一章
開始總是令人措手不及

「亮亮！妳聽我說……」每次都是說到這裡就打住。

說話的人離我很遠，聲音模糊到無法清楚辨識他的音色、性別。

又是這個夢。

我想逃離這裡，一番掙扎後還是決定先冷靜下來，這個身著白衣的人到底是誰？為什麼總是出現在我夢裡？

「你到底是誰？為什麼找上我？」我顫抖著問。

我試著向他靠近，嘗試看清他的臉，可每向前一步周圍的光束便會較先前加劇，刺眼的讓我無法直視他。

「為什麼每次都這樣！你到底是誰？」我抱著頭開始尖叫。

接著是一陣猛烈的衝撞，我的尖叫就這樣隱匿在爆裂式的碎裂聲裡——

「亮亮！亮亮！」

睜開眼睛，猛地坐起身來，海娜在一旁憂心忡忡地望著我。

「做惡夢了嗎？」

「怎麼來到韓國還是會做這種夢啊？」走出洗手間，我忍不住又開始回憶昨晚的夢境。

「白亮亮，妳跑去哪裡了！我們找妳很久欸。」黃琳瞪著一雙瞇瞇眼，雙手叉腰一副要把我過肩摔的樣子。

「搜哩！」我跑過去勾住女霸王的手，向洪海娜使了個眼色。

相處了這麼久，早就知道以黃琳的爆脾氣絕對不可能輕易原諒我，所以必須使出必殺大絕招。

「欸，我剛剛去廁所的時候經過辣炒年糕的攤子，跟妳們說喔，那個老闆真的長得超級帥！身高目測應該也有一八零。」

一、二、三。

「哪裡有辣炒年糕的攤子？」

我跟海娜同時爆笑出聲。

黃琳是我們「T.O.P」中的女漢子，沒錯，我承認這個名字聽起來真的超級中二，但是沒辦法，黃霸王堅持我們可能有朝一日能夠成為下一個TWICE，所以預先想好了團名。我的英文名字是Tiffany，黃琳叫Olivia，海娜叫Petty，開頭字母組合起來剛好就是T.O.P，俗又有力。

黃琳跟海娜是我從國中到高中的死黨，可以說是情同姊妹。

我不是獨生女，但其實也跟獨生女沒什麼兩樣，唯一的姊姊在十年前因病過世，那時候我才

六、七歲，成長到如今這般亭亭玉立不要臉，應該也是歸功於這段沒有姊姊打壓的生長環境。

黃霸王其實長得很漂亮，雖然是單眼皮但眼睛並不是特別小，大概就是中等小而已。一雙烏黑的珍珠瞳孔炯炯有神，散發出一種古代女俠的霸氣，國中入學那天第一眼見到她時，我覺得就像花木蘭從迪士尼頻道走出來一樣，走路還自帶一陣香香的風。

她是典型的模特身材，就是傳說中的胸部以下全是腿，一雙黃金比例的美腿就算把麻布袋穿在身上，照樣不輸伸展台上的模特兒。

總而言之，黃霸王的長相應該就是所謂的帝王相，什麼武則天、花木蘭都歸她，只不過她卻是我們之中最少女心的一個，特別喜歡粉紅色可愛的東西——看黃霸王平時欺壓我的模樣，再看她用「姨母笑」對著可愛的娃娃講話，真的比看驚悚片還要驚悚。

好在我已經清楚掌握黃琳的弱點，才得以在這荒淫無道的暴政下苟延殘喘，就像現在這樣。

黃霸王生氣時，有一樣事物能讓她瞬間從兇猛的大老虎，變成溫順的小貓咪，她的唯一弱點就是——一顆花癡的心。「花美男」什麼的她最喜歡了，這是國中電腦課時，我從她看Youtube上「Super junior」跳舞的影片觀察到，當時黃霸王就坐在我旁邊，每次上課都要我幫忙注意老師，問她要幹嘛居然還臉紅。

「到底在看什麼啊？」湊過去一看，螢幕上是幾個穿了白色西裝，長腿、高顏值的男藝人，站在舞台上又唱又跳，不得不說真的蠻養眼。

「這個是圭賢歐爸，怎麼樣很帥吧！」

「喔——妳喜歡這種的喔。」

「對啦！怎樣不行嗎？」

「沒有、沒有，妳喜歡就好。」我露出一臉壞笑。

我當然不會四處亂說，只是從此之後我在黃霸王治理的國度裡，漸漸從平民百姓晉升到皇帝身邊親近的太監地位，畢竟小妹我也算外貌協會，跟在皇上身邊每天討論美男子也是何樂不為。而且掌握黃琳的死穴，就算犯了死罪，打一張帥哥牌，霸王立馬心花朵朵開，又傻笑又臉紅根本完全忘記我幹了什麼好事。

說到中學女生的朋友組合，一個霸道、一個白目，當然就要有個溫柔婉約、賢妻良母的存在——洪海娜就是這樣的角色。

海娜是我們班上的轉學生，巨蟹座，標準的溫良恭儉讓。印象中我沒看過她發脾氣。因此我了無新意的人生多了一項重要的目標，那就是：讓洪海娜大聲講話。

海娜的人設完全就是童話故事裡的小公主，出場身邊都有粉紅泡泡圍繞，小鹿眼圓圓亮亮的惹人憐愛，一張鵝蛋臉白白淨淨，略捲的棕髮披在肩上，確認過眼神，是仙女沒錯！

海娜公主是國二時轉來我們班的，一來即造成了驚天大轟動，班上的男生興奮地大吼大叫吹口哨，爭先恐後想認識她。

「比妳漂亮！」我用手遮著嘴巴對霸王眨眨眼睛。

「這種女的一看就知道是喝綠茶長大。」霸王那陣子很迷某個漫畫APP，「綠茶婊」是她在上面學到的新名詞。

「嘖嘖，妳這樣不優喔！」

「優妳X逼。」手起刀落，痛！我敢說老師如果再不讓我們換位置，我老了得五十肩她必須要負很大責任——自從換位置換到黃琳前面後，我可憐的肩膀每天遭受各種大大小小暴擊。

從對話便一目瞭然，黃霸王對海娜公主的第一印象並不好，畢竟一山不容二虎，兩大美女在班上可以說是王不見王。

就像漫畫設定那樣，在這樣的看臉時代，有顏值就相當於擁有了一切。海娜雖然文靜內向，但班上同學卻都對她很友善，因此她根本不需要主動交朋友，自然就有一群人巴不得貼上去賣萌搖尾巴。

我不討厭海娜，但霸王不喜歡，或許是覺得自己的地位受到威脅吧。但我看不太出來，畢竟搶著對黃琳獻殷勤的學長、學弟還是每天準時報到，而海娜也毫不遜色，因此每次看到海娜的瘋狂追求者，黃琳總要翻一次白眼。

我們三個到底是怎麼成為死黨的呢？這就要說到國二升國三的那個暑假了。忙著準備基測之餘當然還是要有點消遣，像我這種過動兒，坐在書桌前不是在想等一下要吃什麼，就是幫孔子畫比基尼，暑期輔導對我而言就像人間煉獄，所以輔導結束那天我簡直比堂哥退伍還要開心。

「白亮亮！不要一回家就在那邊打電動。」對。會這樣說的除了親媽還有誰？

「等一下啦！我隊員很廢，我要去救援……啊！齁呦！妳害我死掉了！」

「死什麼死啊！要死也是被我打死的！黃琳打電話給妳，還不快點去接。」老媽握著我的主機插頭，一臉要把我吃掉的樣子。

「是是是——」

「是，說一次就好了。」

「是是。」我心不甘情不願地走到客廳，一屁股坐在沙發上。「喂！幹嘛？我印象中我們三十分鐘前還一起在小胖的書包上黏鬼針草喔！所以妳能不能別這麼想我，有屁快放，姐很忙。」

「臭三八，我看妳是皮在癢。跟妳說，我搶到Super Junior的門票了！而且是搖滾區、搖滾區喔！」

「是喔，恭喜妳。」

「欸！我搶了兩張！妳也要一起去。」

「蛤！求求妳，我這個暑假想好好跟我的電腦培養感情，圭賢歐爸什麼的我不太熟。」人家喜歡的是宋仲基那種魅力型男演員，唱跳偶像不在我的追星範疇內。

「演唱會結束後請妳吃麻辣鴛鴦鍋！」

「演唱會什麼時候？幾點？我們怎麼約？」可惡，黃霸王技巧性攻陷了我的弱點！

所以我就這樣為了麻辣鍋，背叛了我的電腦小灰……好啦，反正也不是完全沒有收穫。

不過那天我去是去了，黃琳卻搞了個世界級的超級大烏龍。

「妳到底放在哪？」眼看黃琳一把鼻涕一把眼淚把整個帆布包都翻遍了，卻還是翻不到票，我也連帶著急起來。

「我拿到票以後就一直放在這個包包裡啊！嗚怎麼辦，演唱會要開始了啦！」

眼看入口排隊的人龍已經繞了會場一圈，我抓了抓鼻子小聲地問：「還是我們沿路找找看？」

「嗚……嗚……我的票哼哼……到底……哼哼……掉到哪裡了？」

「好啦好啦！不要哭啦！又不是世界末日，今年沒看到……」

「嗚哇……@$明年3$2@認真找嗚……」

哇賽！激動到連話都講不清楚，真的有夠恐怖，我第一次看霸王這樣，周圍還有一些來看演唱會延遲進場的人，一邊小跑步一邊往我們這裡觀望。

「好好好！我找我找，求求妳不要再哭了！」

會場外排隊的人潮漸漸減少，我看了一下手錶，六點五十五分，演唱會再二十分鐘就要開始。我們幾乎把整條街都翻遍了，卻依舊沒有看到那兩張神聖的搖滾區門票。

「黃琳，我只是合理的推測，妳聽了不要太激動。妳有沒有想過，嗯妳或許……會不會根本就沒有把票帶出來呢？」黃霸王現在情緒非常不穩定，所以我非常謹慎用詞，不然我們現在就站在紅綠燈旁邊的人行道上，我很怕她突然衝出去撞公車。

黃琳已經哭到完全喪失言語能力，眼皮腫得跟紅肉李一樣，一抽一抽地望著演唱會會場的方向，完全沒有要回答我的意思。

「唉！真的是……」我拍了拍黃霸王的肩膀，蹲下來趴在水溝蓋上，打開手機的手電筒往水溝孔照。雖然不願意，但沒辦法，我們真的四處都找遍了，現在這個未開發領域是最可疑的地方。

「黃琳、亮亮！」

這個聲音有點耳熟，但我現在姿勢實在有點尷尬，艱難地抬起頭時，手機還差一點掉進水溝。

「喔！海娜！妳怎麼會在這裡？」

海娜公主穿了件粉紅色的一字領洋裝，看起來非常高貴優雅，站在趴在水溝上的我旁邊，就像牛糞與鮮花，公主與賤民。

「我來看演唱會啊！」海娜露出她的招牌天使笑，似乎完全不好奇、也不在乎為什麼我會用蹲大便的姿勢，蹲在水溝旁邊跟她講話。

「是喔！那妳怎麼還在這？」我沒好氣地隨口問道。

真是的，這麼不會察言觀色，一點也不體貼，難道美女都這樣嗎？我今天到底是招誰惹誰！

眼前黃琳已經放空到另一個世界了，我嘆了口氣，真沒想到自己竟然為了麻辣鍋犧牲到這種境界，以後我爸若是再罵我吃貨，我也絕對不會反擊，沒錯，我就是個為了五斗米折腰的死豬……

「吶！給妳！」就在我瘋狂murmur的同時，海娜伸出白皙纖細的手。

「啊！我的門票！」黃琳瞬間激動到破音。

「妳掉在捷運上，我聽到廣播後去站務中心拿的，還好妳有在信封上面寫名字跟電話，只是打電話都沒人接。我就拿班級通訊錄給站務人員看，證明我們是同班同學，他就把票給我了。」

我一方面感謝海娜，另一方面真的是快被黃琳氣到腦中風。

「妳幹嘛不接電話？」

「剛剛不是跟妳說我沒帶行動電源出門，所以手機沒電啊！」

「那妳等一下要怎麼拍照錄影！」

「我想說可以用妳的拍再傳給我嘛。」好個手機沒電，讓我趴在水溝上賣命。

總之，因為那次演唱會讓黃琳對海娜的友好程度大大提升，進而發現海娜也是個瘋狂哈韓族，而且除了韓團外還超喜歡宋仲基。

從此我們三人之間的友情就建立在電腦課的互相包庇，還有各式演唱會的固定班底之上。

考完基測後，我們更一起到迴轉壽司店打工存旅費，約好高中暑假一起飛韓國，來個聖地巡禮。

*

「今天晚上住的旅館就在海灘附近，我們先去放行李再出來逛吧！」海娜打開Google地圖開始定位旅館座標。

「釜山帥哥哥旅店！這個名字真的是不管看幾次都覺得很不妙，白亮亮妳到底是怎麼找的啊！感覺不是很可靠。」黃琳拿下太陽眼鏡湊到海娜身邊。

「啊就比其他間便宜嘛！而且這位小姐妳什麼都沒做可以不要一直嫌嗎？機票海娜訂的，旅館我找的！請問妳幹了什麼好事？是公主病嗎？」

「我是公主沒有病，再吵等一下不幫妳拍網美照。」黃琳一把搶過我的行李，「幫妳拿就是了。」

「裡面有一半都是妳的東西OK？不要講得一副很委屈的樣子。」

「別吵別吵，前面那間好像就是了。」只要跟我們在一起，海娜幾乎有一半的時間在勸架。

嗯。不得不說旅館的名字怪歸怪，但威尼斯紅的建築外觀還是挺得人心的。

「啊妮哈誰呦！」老闆是個韓國大叔，笑起來很陽光，年輕時應該真的是個帥哥哥。

海娜用流利的英文開始交涉，我跟黃琳開始在大廳走走看看，大廳裡的裝置藝術有薩克斯風、木吉他、各種電貝斯，還有一整櫃的黑膠唱片及音樂專輯，感覺老闆應該是一個熱衷音樂的人。

我拿起櫃上一張《月亮代表我的心》，戳了戳黃琳的肩膀，「這歌真的是揚名國際。」

「台灣之光哈哈哈。」

「那個是我從台灣帶過來的，年輕的時候。」老闆不知道什麼時候站到我們身後。

我跟黃琳訝異地回頭望著老闆。

「哈哈，看不出來嗎？可能是我來這裡太久了，外表也被同化了。」老闆笑著摸了摸留了小鬍鬚的下巴，我注意到他左邊的太陽穴有一道淺淺的傷疤。

「你是台灣人？」

「現在算是半個韓國人，我來這裡少說也有十年了。」

我才發現專輯櫃裡第五排以上都是中文歌曲，下面的區塊韓文專輯跟西洋音樂各佔一半。

「哇！我很喜歡這個樂團欸。」黃琳拿起一張黑白紙盒裝的CD。

「亮亮也有妳喜歡的CNBLUE。」

「這些都是我兒子的收藏。妳們如果喜歡樂團的話，今天晚上可以去海灘走走，夏日海灘音樂祭快要開始了，晚上很多樂團、歌手，還有街頭藝人都會在那邊表演。」

「好啊！謝謝老闆。」

老闆還很熱情地推薦了幾間炸雞店跟酒吧給我們，可惜我們還沒滿十八歲，目前還只能弱弱地喝可樂，不過就算成年了我應該還是只能弱弱地喝可樂。

心滿意足大嗑了一份原味炸雞跟醬料雞後，我們開始在大街上晃了起來，燒烤店和酒吧沿著沙灘開了一間又一間，雖然天色已晚但沙灘上仍然聚集了許多遊客，還有賣海鮮跟燒酒的攤販。

「欸妳們不覺得我們都來韓國了應該要……一下啊？」黃琳瞇起眼睛比了個灌酒的動作。

「妳真的要喝啊？」海娜的語氣充滿了不贊成。

「別吧！妳上次才喝一口啤酒臉就紅到變火雞了，無法想像喝燒酒後會變成什麼樣子。」我也不同意。

「哎呀！都出國了當然要什麼都給他嘗試一下才說得過去吧！我們就買一罐，三個人分著喝好不好？」

「我不太能喝酒欸！我們家的體質不適合，喝了會不舒服。」這是我媽告訴我的，我上次去KTV偷喝了一口啤酒，結果全身起疹子進醫院。

「喔！我好像有聽妳說過，妳說是家族遺傳。」黃琳點了點頭望向海娜。

「看我幹嘛？」海娜一臉無辜。

「娜，妳酒量應該蠻好的吧！上次去妳家看妳爸有一整櫃的收藏。」

「咦，那是我爸的酒跟我有什麼關係？」

「哎呀！家族遺傳嘛！」黃琳一把勾住海娜。

「妳們去吧！我想去海灘看看表演。」我拍拍海娜的肩膀。

「真的嗎？妳一個人可以嗎？」

「嗯！妳們去喝吧！不然我不能喝，坐在旁邊會很無聊。而且我也想靜養一下耳膜，黃琳每天大吼大叫的，我聽力變很差。」

「妳皮在癢啊！」黃琳瞪大眼睛作勢要打我，但下一秒她立馬露出巫婆般的笑容，「喔！還是妳不想被我們打擾，想一個人靜靜地走在夜晚的沙灘上，思念『妳家』袁東明。」

「才沒有好嗎！我是真的很想去海邊聽聽音樂吹吹風，誰要想他啊！」我的耳朵現在一定很紅。

每個女孩在學生時代一定會有一個讓她陷入瘋狂的男孩。沒錯，這樣肉麻又老套的台詞，總是不厭其煩地出現在青春校園劇或是愛情小說中，下一句會接「ＸＸＸ就是那個讓我陷入無止境瘋狂的男孩」，然後就是一連串瘋狂的揣測對方心意、天天測愛情運勢……的無限循環，重點是這種比八股文還八股的套路依舊人人買單。

對，我現在要說的便是——袁東明，那個讓我的少女心七上八下的存在。

*

在黃琳隔著螢幕對唱跳男團發花癡的時候，我的目光就開始追隨著袁東明。身材高挑，烏黑的頭髮帶點浪漫的自然捲，再搭上一雙憂鬱的雙眸，簡直就是撕漫男啊！在漫畫裡就讓人如此瘋狂，撕開漫畫走出來後更是「耀眼的讓人想哭」。琴棋書畫樣樣通，會彈鋼琴不說，還得過全中學素描比賽冠軍。

我之前偷偷看過袁東明的個人檔案，他在幼稚園就是全國幼兒組美術比賽第一名，而且讀的不僅是據說名門子弟才讀得起的私立幼稚園，竟然還是「鋼鐵人班」！從小開始就是個可以抬頭挺胸走路有風的人物，不像我以前讀家附近國小的附設幼稚園，遇到高年級的哥哥姊姊問我是什麼班的時候，我只能低著頭，心不甘情不願地說自己是「朱槿花班」的班長，真搞不懂為什麼園長會取

「朱槿花班」這種名字，不知道這樣很傷小孩自尊心嗎？

反正袁東明就是優秀到一張A4紙，都寫不完他到底拿過多少獎。

可他卻是個蠻壓抑的男孩，不太愛講話，做什麼事也總是一個人，感覺就像刻意與身邊的人保持距離那樣。不過遇到這種處理完經驗值可以翻倍的神祕生物，反倒越能激起我的勝負欲。

同班四年，在我不計形象地耍蠢與撩「妹」攻勢後，我們現在總算是可以互相傳訊息、社群網站互粉互讚互留言的「朋友」關係，但，也僅此而已。

我帶著我的暗戀從國中一路到高中，而基測放榜後我的成績破天荒超出所有人預期，連我自己也很驚訝，我媽還眼泛淚光地抱著我說：「原來我們亮亮這麼努力讀書，媽媽都不知道。」

我發誓我真的沒有作弊，只有祈求文昌帝君讓我可以跟袁東明考上同所高中，可是我沒想到真的這麼靈，被我矇對了好幾題選擇題。

考前一個月，我上網搜集各大補習班的猜題跟解題分析，找到題目就下載硬背，結果自然跟數學都有出現我硬背的題型。

那年考試又碰巧偏難，所以各高中的錄取分數差不多都降了一兩分。我就這樣誤打誤撞擦邊球，考進了北市前幾志願，某個以臭臭花遍布校園聞名的社區高中，而且還跟袁東明和黃琳同班，海娜在我們隔壁班。

能夠再續前緣我當然很開心，本來想說同校已經很好了，沒想到竟然同班！看來我與袁東明之間存在著那種無法輕易斷開的緣分。

袁東明一入學就憑著他的帥臉吸引了許多學姊、同學的目光，這讓我更是神氣了，畢竟本小姐我可是花快三年的時間才攻陷這座銅牆鐵壁，這些初來乍到的小貓想在我的地盤圈地為王，哼！沒門兒。

袁東明拒絕陪學姊一起走路回家，但是放學的時候他會陪我一起走到校門口；袁東明不吃其他女生放在他桌上的愛心早餐，但是他去福利社的時候會問我有沒有要喝什麼；袁東明不喜歡回訊息，LINE的未讀訊息數量顯示永遠是999+，但我出國的時候卻收到他傳來的簡訊：「亮亮，祝妳玩得愉快！」

就這樣我在全校女生羨慕嫉妒恨的眼光下，和袁東明並肩走在校園的各個角落。我很清楚我們的關係，也僅止於國中同班三年，高中又不小心再同班，這種比同班同學還要再好一點點的「朋友」關係，不過我也堅信：在袁東明眼中，我是個特別的存在，一個……特別的朋友。

＊

「Love love love, Everybody clap clap clap, I want you back to me……」

熟悉的旋律將我從沉思中拉回現實。

「天啊！這不是CNBLUE的〈Love〉嗎？怎麼有人可以唱得這麼好！」我在心裡暗自驚呼。

抬起頭才發現，我已默默沿著商店街走了好長一段路。

果真如民宿老闆所說，這一帶有許多表演的樂團和街頭藝人，在不會影響到對方演出的距離鋪上軟墊，擺好樂器、架好麥克風後便開始表演。有點像信義威秀附近的廣場，也是大約每一百公尺就有街頭藝人駐點演出。

許多觀光客帶著燒酒跟烤魷魚絲到海灘上，席地而坐欣賞演出。表演者的方向統一都是背著大海，在面向商店街的位置借了點光，好讓大家能在夜色裡看清他們的表演。

「Love love love, Everybody......」

我被傳入耳中的旋律深深吸引，有了想上前一探究竟的渴望。

因為很喜歡這首歌所以聽過很多翻唱版本，這還是我第一次覺得有人可以唱得跟原唱在一個水準上。到底是誰有這等唱功，真是太讓人好奇。

「不好意思，借過一下！」周圍實在圍了太多人，就算踮起腳尖也看不到：「Sorry, sorry, excuse me!」

我好不容易才擠到前排區，發現正前方還有一個位子，應該剛好能容下我的嬌小身軀，「耶！lucky!」就在我準備以完美的角度側身經過前方高大的金髮男子時，他突然一個轉身，抬起那萬惡多毛的小腿，我的臉就這樣撞上他的手臂，雙腳不聽使喚地交纏在一起，然後偏離我精心計算好的軌道……當雙腳騰空的同時，我感受到周圍同情的目光，心裡默默地唱起最近很流行的一首歌——

「這樣太危險，飛太遠。」（兄弟本色：〈Fly Out〉）

我的人生第一次體會到什麼叫丟臉丟到國外去，那個罪魁禍首在我的臉埋進沙子裡的同時，伸出印了我紅色口紅印的手，一臉無辜又同情地看著我，「Oops, are you ok?」

我用力握住他的手，咬牙切齒地站了起來，「Yah, I'm ok.」

他尷尬地對著我笑了一下，指著我的臉用整條商店街都聽得到的音量：「Ha, ha, sand on your face!」

「噗哧！」我身旁的一個黑髮正妹遮著嘴笑了出來。

我真的很想把那個金髮大猩猩的頭埋進沙灘再瘋狂踹他屁屁，怒不可遏地看他然後用力拍掉臉上的沙子，他可能終於察覺到我眼中的殺氣，抓了抓鼻子用氣音說了句「sorry」後便轉身逃離現場。

好不容易把臉上的沙子都拍乾淨，我才發現剛剛那首〈Love〉早已演唱完畢。

「咦！為什麼這麼安靜，不唱下一首嗎？」空氣裡瀰漫著尷尬的氣氛。

都是剛剛那個大猩猩害的，我到現在都還沒看到這個主唱到底長得是圓是扁，還在大家面前摔了這麼大一跤，我一邊暗罵一邊轉過身去——早知道別轉身了，一轉身就發現整個樂團的人都在看著我，嘴角帶著笑意的那種凝視。

幹。丟臉丟到家。

我露出尷尬笑容，想趕緊處置不知該安放何處的眼神，結果一不小心對上了主唱的視線。

我的天！誰說韓國的男生都是小眼睛，大家真的很愛一竿子打翻一條船。

我實在能難用文字形容站在我眼前這張足以流傳千古的容貌。

深棕色的瞳孔靈動地閃爍著，微微下垂的眼尾帶著稚氣散發出一種「我很萌」的氣場，濃淡適中的眉毛在眉峰處微微弓成一座小山，掛在白淨的額頭上柔化了雙眸裡滿溢的靈氣，進而增添了幾分清秀的氣質，眉上淺栗色的細軟髮輕覆在額前，眉清目秀就是要用在這種人身上吧！

不對，如果是他的話用傾國傾城也不為過，是男版褒姒啊！褒姒！

「歐！賣！尬！是個超級大帥哥。」煙火在心中爆裂式綻放。

而且他好像在對我笑，此刻我真的好想在那對可愛的酒窩裡定居。

「괜찮으세요？（妳還好嗎？）」

什麼！他在跟我說話，我該怎麼回答？怎麼辦，我剛剛跌倒的醜樣他果然全都看到了？不過短短幾秒鐘的時間，我的腦細胞比大考時還要更加活躍運轉。

好在我平常是個追劇狂人，所以這種程度的韓文還是能自然應對。我露出了尷尬又不失花癡的表情，對著他扭曲地笑了一下，「네，괜찮습니다。（是，我沒事。）」

他也回給我一個頂級帥氣的笑容，握起胸前的吉他，用指尖輕輕地撥了幾個音，然後再度將目光拋向我，「어떤 노래를 좋아하니？（妳喜歡什麼歌？）」

周圍女觀眾們瘋狂尖叫起來，老實說我的確有點受寵若驚，所以當下腦袋一片空白，「나는 CNBLUE의 탐욕스러운 팬이다。（我是CNBLUE的瘋狂粉絲。）」就這樣沒頭沒腦地把自己是CNBLUE的瘋狂粉絲給說了出來，惹得我身邊的黑髮正妹又「噗哧」笑噴了一次。

「하하，나도。（哈哈，我也是呢）」語畢，他轉頭與身後的團員交談了幾句，而後衝著我燦爛一笑，便又低頭撥了幾下吉他，開始演唱CNBLUE的熱門歌曲串燒。

天啊！簡直太撩了，沒想到來到韓國竟然能夠碰上這麼好康的事。

正當我如癡如醉地徜徉在他低沉優美的嗓音之中時，口袋裡的手機白目地震動了兩下。

心不甘情不願地掏出手機，按下電源鍵。海娜的訊息跳了出來：

亮亮，黃琳喝醉了，我現在在民宿陪她！她吐了好幾次現在已經睡了，妳回來的時候能不能順便去超市買宿醉藥？我怕她明天早上起來不舒服。不要太晚回來，注意安全。

我翻了個白眼，早就說過不讓她喝酒就偏要喝，酒量又這麼爛，喝醉活該。

我傳了一個無奈的表情符號給海娜，雖然有點不情願，但朋友有難又豈能棄她們於不顧呢！

我哀怨地望了眼唱歌唱得入神的主唱大大，他唱得好投入，彷彿身邊沒有任何人，就只有他與手上那把吉他，我一個沒留意又沉溺在那充滿舞台張力的表演之中。

怎料我這一波未平一波又起的人生，表演看到一半肚子竟開始翻騰，原本想說可以再堅持一下，卻發現疼痛感覺越來越劇烈，讓我不得不正視它。

不行！如果不想在所有人面前拉在褲子上，必須馬上離開。

我左右張望尋找人群中能最快離開現場的空隙，離開前依依不捨地再回頭望了主唱一眼，整個樂團依舊陶醉地演出著。肚子開始發出可怕的低吼，我決定不再留戀，無奈地轉身穿過身後重重的「迷妹牆」，雖然很想再多聽幾首歌但實在憋不住了。這些萬年宿便久久造訪一次，比大姨媽還不講道理。

好不容易擠出擁擠的觀眾席，肚子痛的感覺越發強烈，還好不遠處就有一間麥當勞，不然後果不堪設想。

不知道和今晚吃的炸雞太辣有沒有關，蹲馬桶的時候我一直覺得屁股辣辣的，總之折騰了好一陣子，才正式從痛苦中解脫。

手機顯示已經過了十一點，「天啊！這麼晚。」沒想到這一耗就是半個多小時，依照海娜的個性一定會等我回去才去睡，再不快點回去的話她應該會很擔心。

沙灘上依舊有許多人在喝酒談天，可彎進住宅區又是另一種風景，明顯比喧鬧的沙灘冷清許多。離民宿最近的便利商店在這條巷子轉角，我三步併作兩步地走進店裡，隨意選了一盒宿醉藥，順便搜刮幾碗泡麵跟香蕉牛奶。

抱著滿滿的戰利品走出便利商店，雖說離民宿還有一段距離，但轉過巷子後的路比剛剛明亮不少，我也就不那麼害怕了，喝著香蕉牛奶，心不在焉地哼起方才在海邊沒聽完的歌。

現在才發覺民宿的位置有點隱密，好在我方向感不錯，下個路口左轉應該可以看到民宿招牌。

黃澄澄的路燈打在石灰色牆壁上，突然，一個人影飛快地閃過。

我停止了哼歌，全身的血液在那一刻起整齊劃一地往腦門直衝，我不敢回頭看，只覺心臟瘋狂跳動，這時身後隱約傳來一陣腳步聲。

「難道說我被跟蹤了？」恐懼的感覺從腳底一路蔓延至後腦勺。

搞不好只是剛好跟我同路，應該不會這麼衰吧。

為了避免繼續胡思亂想，我下意識加快腳步，怎料身後的腳步聲竟然也跟著加速，我頓感頭皮發麻，雙腳不聽使喚開始發狂似地跑了起來。只要轉過這條巷子就能看到民宿，若不巧真被跟蹤，因為人潮變多，對方應該也不能對我怎麼樣才對。

就當我準備跑過轉角時，一隻強而有力的手使勁握住我的手腕，將我猛地拽回巷子內。

我的心臟驟然停止，唯一能夠想到的只剩大聲呼救，所有最壞的想法跑馬燈式地閃過。

「啊——救命啊！救命——有變態！」我緊閉雙眼哭著大喊，便利商店買的東西全灑了出來。

「괜찮아요？（妳沒事嗎？）」

低沉慵懶的男聲傳入耳畔，我卻感到耳熱。緩緩睜開雙眼，眼前這張臉卻讓我訝異地叫了出聲，「你是剛剛在海邊唱CNBLUE的那個……」

遠看時覺得傾國傾城的容貌，近看更是帥到無法無天，第一次見到這等容顏。

「也長得太帥了吧！」我看得出神，不自覺把內心話給說了出來，他一臉疑惑地看著我，嘴角掛上一抹壞壞的微笑，酒窩深深嵌進膚色適中的雙頰。

還好他聽不懂中文，我暗自鬆了口氣，但下一秒卻察覺到自己剛剛的反應究竟有多丟人。

「對不起！」我趕緊收回目光撥開他的手，慌亂蹲下來收拾地板上散落的東西，男孩也彎下身幫我一起收拾。還好現在天色已晚，不然會被他發現我的臉比煮熟螃蟹還要紅。

「이거 당신 껍니까？（這是妳掉的嗎？）」站起身來，男孩從口袋掏出一個被壓扁的紙盒。

「喔！我的醒酒藥。」竟然把它弄掉了，差點要被黃琳打個半死。

我趕緊伸手要拿回醒酒藥，對方卻忽然使勁，我抬起頭來，眼神一個不小心撞進那對深深的酒窩裡。

這個笑容真的是罪惡啊……

他猛彎下身來，以非常曖昧的距離，感覺只差不到一公分，他的下巴就要貼上我的肩膀，溫熱的氣息染上肩頸再蔓延至耳垂，我不自覺打了個冷顫，眼角餘光瞥見他微微勾起的嘴角。男孩緩緩張開口，以悄悄話的音量在我耳邊說：「妳不知道這麼晚了，一個人走在巷子很危險嗎？」

我嚇得一把將他推開，瞪大眼睛望著他：「什麼！你會講中文？」而且還是超級標準的台灣腔。

男孩露出一抹意味深長的壞笑，「還好我聽得懂中文。」

腦海中頓時跑過我今天對他做的一系列花痴行為，懊惱地扯起衣角在心裡暗罵自己，只不過這份羞愧很快便轉為憤怒，「你明明會講中文，還一直故意跟我說韓文嗎？」

男孩聳了聳肩，「這裡是韓國，說韓文很正常吧！」

「我……」他的話讓我無力反駁。唉，真想挖個地洞把自己永遠埋起來。

「那個，」男孩看我久久說不出話來，一臉無所謂地從吉他背袋中，掏出另一盒粉色包裝的紙盒，投入我手中的購物袋中，「如果這樣能讓妳好過一點，我會假裝沒聽到妳今天一直說我長得帥這件事。還有要解宿醉的話，這個牌子的比較有效。」

「你……」

「不用太感謝我，路上小心CNBLUE的狂粉。」

「我……」

「啊，還有，這裡治安不錯不用太擔心，而且相信我，妳很安全喔。」

男孩說完想說的話，也沒等我回應，便頭也不回地舉高手臂，在空中敷衍地揮了揮，望著他頎長的背影我氣得忍不住原地跺了好幾下。

「靠！真是氣死我了，明明就不是韓國人還在那邊裝，哼！長得帥了不起啊！仔細一看也就那樣啦，其實也沒有帥到哪裡去！」走回民宿的路上我實在氣不過，沿路碎碎唸，還有好幾次實在覺得自己今晚真的是醜態百出，羞恥地不得不蹲在路邊自我厭惡一番才有辦法繼續往前走。

可惡，剛剛就應該追上去往他那張帥臉上灌個兩拳。

第二章 腹背受敵

「不要為已消盡之年華嘆息，必須正視匆匆溜走的時光。」

布萊希特這句話被我消費了好多次當作作文的開頭，可以算是我人生的座右銘，雖然老媽總是說我是在自我催眠，尤其是假期將盡，我抱著一堆空白作業簿向她哭訴的時候。

「啊！幹嘛啦！」我抱著頭惡狠狠地瞪向窗外，黃霸王竟然趁別人認真反省的時候射橡皮筋偷襲。

「叫了幾百次！是聾了嗎？」黃琳殺氣騰騰，勾著海娜站在窗邊咆哮。

「那妳也不能用橡皮筋射我啊！沒水準。」

我心不甘情不願地走出教室，現在看到黃琳的臉還是一肚子火。

「見死不救，沒義氣的傢伙！」

「隨便妳，不去買早餐就拉倒，餓死好了。」

黃琳這個惡毒的女人，每次跟她吵架都會覺得很委屈，「我又沒有說不去！」在這個團體裡我完全是個弱勢。

「亮亮今天又被罰留校服務了啊！」海娜一臉心疼地看著我。

「幾百年前就叫她趕快把數學作業寫完，我上禮拜又提醒她一次！結果有講跟沒講一樣，還有臉叫我借她抄，不借她還被她罵，活該啦！不用可憐她。」

唉，從韓國回來以後，我的暑假像是被誰快轉了一樣，竟然一轉眼就開學了，回想剛要放暑假的時候我還立下了豪言壯語：「我白亮亮在此發誓，今年暑假一定要洗心革面重新做人，每個禮拜讀一本小說充實自己，每天算五題數學，每週寫一篇讀書心得，最重要的是，我要減肥至少五公斤！」

大概才過不到兩天，我就把這份相當有前途的暑假規劃忘得一乾二淨，天天追劇追到凌晨，然後補眠補到十二點，幾乎一個禮拜跑一次KTV，數學作業簿不知道哪天開始掉到書桌底下，等到我千辛萬苦把它挖出來時才發現上面布滿灰塵，最重要的是在韓國的那幾天每天吃香喝辣，從早吃到晚，宵夜也是炸雞年糕樣樣來，所以我不但沒瘦還增加了三公斤的肥肉，下巴甚至長了一顆超級大痘痘到現在都消不掉。

以這副癡肥的模樣走在校園裡，叫我怎麼對得起布萊希特！

「亮亮，沒關係啦！反正留校服務也就是到操場掃掃落葉而已，沒什麼大不了的！」不知道為什麼這種安慰的話從優等生海娜口中說出來，特別刺耳。

「阿姨我要一份草莓吐司加蛋、小熱狗一份蕃茄醬幫我多加一點、薯餅兩塊、雞塊不要撒黑胡椒，然後再一杯大杯巧克力牛奶。」喪氣歸喪氣，肚子還是要填飽的。

「噗哧。」大膽刁民，竟敢往老娘頭頂吐氣，偏偏還在我這麼不爽的時候。

我瞪大雙眼惡狠狠回頭，在我的目光撞上那雙深邃眼眸的同時，第一個反應直覺遮住下巴那顆大爛痘。

我幻想過無數浪漫的校園相遇場景，長髮飄逸氣質翩翩的我與帥氣挺拔的他，在落羽松下不期而遇，或是在喧鬧的籃球場上加油聲中，他帥氣投入一顆俐落的三分球，靜靜地站在場中央不理會周遭歡聲雷動，只是純粹地笑著回望在一旁加油的我。

但偏偏現實中場景永遠都是這麼簡單粗暴生活化，怪不得光良會唱「童話裡都是騙人的」。

「妳早餐吃好多喔！」袁東明綻放出燦爛的笑容，像是看到什麼七大奇景似的，看著我手上滿滿的食物。

「我……我是連午餐一起買的好嗎！只有這個草莓吐司跟巧克力牛奶是早餐！」說謊不打草稿是我這輩子極為少數的強項，雖然有點心虛，但總比被袁東明認為是大食怪來得強。

「阿東！你買好了嗎？」

「嗯！」袁東明轉頭望向迎面走來的大波浪少女。

「亮亮妳們也來買早餐啊！哈囉。」

蘇靜瑜，我的頭號情敵，班上的大美女之一。雪白的皮膚、纖細的四肢、烏黑的直髮飄逸柔軟，五官雖然沒有一處特別突出，但拼在一起卻有一種小巧玲瓏惹人憐愛的感覺，她是時常讓人分不清到底是敵還是友的類型，有點灰色地帶的角色。

黃琳說她是標準的綠茶女，但被黃琳指認為綠茶的受害者實在是多到不可勝數，所以蘇靜瑜到底是個怎麼樣的人，以我對她的了解便是：從高一開學只要我一跟袁東明有所接觸，就會感受到她的目光，她會想方設法的接近袁東明，以一種若有似無的方式。

「妳買好多喔！胃口好真好，最近太熱了我都吃不太下。」蘇靜瑜的聲音本來就有些嬌滴滴，講這番話的時候還不自覺地掂起小拇指。

「那妳怎麼還來買早餐啊？」黃琳勾著海娜從福利社走出來，手裡拿了一罐草莓牛奶。雖然黃琳的臉上掛著笑容，但我很清楚那是宮鬥笑，藏刀啊！

「我沒買啊，我陪阿東來的！」蘇靜瑜也不是省油的燈，選擇坦蕩回應反而能削弱對方氣勢，這是高手過招。

「亮亮妳下巴的痘痘感覺好嚴重喔！有沒有塗藥啊？這樣不能吃薯餅啦！」然後自然地用我下巴的大爛痘來轉移話題，不愧是高手中的高手。

很好，現在所有人的目光都集中在我的下巴上面了，我就是那個貴妃爭寵中慘遭犧牲的小小嬪妃。

還好上課鐘聲即時響起，沒想到平常刺耳的旋律竟然也有美妙的一天。我算準時機勾起黃琳的手迅速轉身逃離現場。

回到教室以後，看著滿滿一桌的食物，我卻一點胃口也沒有。今天真的沒有一件順心事。

我並不討厭坐靠窗，只是這次的靠窗將我和袁東明隔了好遠，我坐在靠窗位置的最後排，袁東明坐在教室中間第三排，我只能用斜眼排除重重阻礙才能稍微看到他的一點側顏。

不過，這其實也不算什麼壞事，真正的壞事是：蘇靜瑜坐在他後面！蘇靜瑜坐在他後面！蘇靜瑜坐在他後面！明明誰都可以為什麼偏偏是這個蘇靜瑜。

狠狠咬下一口草莓吐司，看著蘇靜瑜嬌羞地拿著數學習作戳了戳袁東明的肩膀，一臉難過假裝自己都不會寫的樣子，我真恨不得衝過去把草莓醬全部抹在那張美麗的鵝蛋臉上。

在我忙著查看敵情的時候，班上同學不知道發現了什麼一直鬼吼鬼叫，坐在我斜前方的白富美還一直前後扭動她「豐腴」的身軀，又碰巧擋在我觀察袁東明的射程範圍，「白富美！不要一直扭啦，是在跳恰恰喔！」我朝她丟了塊香蕉形狀的橡皮擦，那是黃琳之前交換禮物送我的水果套裝橡皮擦組合之一。

「亮亮妳快點看！Oh my god養眼到爆炸。」這個白富美始終走一個浮誇路線。

我彎下身，把砸到白富美圓滾滾後腦勺後滾到地上的橡皮擦撿回來，「看什麼看啦！數老而已有什麼好看的。」然後心不甘情不願地將目光轉回講台的方向。

不得不承認，這一轉我的心跳不爭氣的漏了一拍。

「我想坐那個位置。」

數學老師在講台上喋喋不休地說了很多話，但我只聽到這一句。

現在，全班同學全將目光轉到我身上。

於是……那晚的場景再次浮現眼前。

＊

「阿妮哈誰……」

「你怎麼會在這裡？」回到民宿的我，還有站在櫃檯後方的高挑生物，近乎同時吐出這句話。

老闆聞聲從倉庫裡探出頭來，「喔，是台灣妹妹！你們兩個認識？」他一臉看好戲的表情，笑望著呆站在門口的我。

「嗯。她是我的粉絲，覺得我很帥。」高挑生物面無表情地回答。

「欸，你剛剛還說會裝作沒這件事，自戀狂！說話不算話！」我漲紅著臉憤怒地指著他高挺的鼻梁。

「總比點了歌只聽一半的人來得有禮貌。」原來剛剛這麼欺負人，都是在報復我中途離席。

「那是因為，因為……算了懶得跟你說。」

我怎麼可能告訴他，老娘是因為拉肚子才慌忙逃離現場的，今天在他面前已經把所有能丟的臉都丟盡了，不必再多這一件，而且我眼中這個人不過是個小心眼的找碴鬼，沒必要解釋這麼多。

「阿敬！你去備品區多拿一條被子給台灣妹妹。」大叔又把頭從倉庫裡探出來，對櫃檯那個高挑中二男囑咐道。

「剛剛妳朋友說房間少了一條棉被，我等一下順便讓阿敬幫你們送上去嘿！」這次是對著我說的，看來應該是海娜剛剛有跟他反應。

「謝謝叔叔。」我面帶笑容地朝倉庫方向鞠了個躬，雖然叔叔早已縮回倉庫裡乒乒乓乓的不知道忙些什麼。

「ㄘㄟˊ。」聽見囑咐後，櫃檯傳來令人十分不悅的聲音。

「如果你不忙的話，希望你現在就能幫我把棉被拿到房間。」我沒好氣地斜睨著他。

「我在忙啊，看不出來嗎？」男孩說話的同時，濃濃的辛拉麵味飄了過來，帥氣的臉上酒窩高掛，用筷子夾起冒著白煙的麵條，唏哩呼嚕送入口中。

咕嚕，慘烈的哀號聲源自於我的腹部。可惡，一定是剛剛消化得太過徹底，我慌張地按著肚子，只希望櫃檯吃麵的傢伙什麼都沒聽見。

「妳剛剛不是有喝香蕉牛奶？」

腦海裡跑過三字經的聲音。

「我剛剛煮的熱水還有剩，妳要嗎？」男孩突然走到我身邊，瞥了一眼我手上拎著的提袋，然後非常自然地拿出一碗泡菜海鮮湯麵，「喔！妳內行，這個好吃，幫妳泡？」

「不……不用，」一個頭，在我恢復理智的時候，發現自己正站在專輯櫃前等男孩將我的泡麵端來。

等待的同時，目光再次被專輯櫃上鄧麗君的那張月亮代表我的心給吸引，小心翼翼地把專輯從櫃上拿出來，銀白色的封面除了麗君姊姊的捧臉燦笑以外，還有一行用黑色奇異筆寫的：

2003.02.16祝你生日快樂。

看起來像是從別人手上收到的禮物。

「那是老闆的珍藏喔，勸妳還是快點放回去比較好。」高挑生物不知什麼時候出現在我身後，嚇得我差點把專輯摔到地上。

「你嚇我一跳。」我慌張地把專輯放回原位，從高挑生物手中接過碗麵。

「我以為妳會對我的收藏比較有興趣。」他一面癟著嘴委屈巴巴地說，一面從櫃中取出一張CNBLUE大約五年前的迷你專輯。

「你有的我都有好嗎。」

「也是，妳是瘋狂粉絲的事估計剛剛聽我唱歌的人都知道了。」高挑生物露出勝者的微笑，把我在沙灘上對他說的話模仿了一遍，還故意提高音量。

我實在笑不出來，對著他冷冷地說：「我決定要在Google上面給你們民宿一顆星外加差評，再把你的照片貼上去，文案就寫服務態度極差。」

「不好意思是我不好，讓您久等了，現在立刻馬上為您送棉被。」

難怪大家都說評論可以殺人，看高挑生物的態度一百八十度大轉變就知道，雖然兩個讓人越看越不順眼的酒窩依然高高懸在雙頰，看上去不是很真心的樣子。

「早點這樣做不是很好嗎？你看因為你我的麵都糊掉了。」

「真的相當抱歉，這位顧客，請您一定要看在本民宿提供免費熱水服務的份上，給出五星好評。」高挑生物邁開步伐，向連接客房的長廊走去。

我端著麵跟在他身後，調整為奧客的語氣，「不要廢話，一切都要看你的誠意，快點快點，棉被！」

「好的，麻煩您在這裡稍後一下，跟您介紹這裡就是備品區，馬上進去幫您拿。」高挑生物說完「咻」地一聲拉開備品區的門走進去。

「那個……」翻箱倒櫃到一半，他突然轉過頭來，「看妳好像很喜歡樂團，如果不嫌棄的話可以追蹤我們的粉專，我是Soul mate的主唱，我叫陳敬，雖然我們目前還只是學生社團，只有寒暑假會有小公演。」

「喔。」看來是想漲粉啊，哼，偏不。我沒好氣的應了一聲，站在備品區的門後，有些不情願地等待這個叫陳敬的傢伙抱出一床蓬蓬雪白的棉被。

「我記得通常別人說了名字，對方應該也要回應自己的名字才有禮貌，還是這是台韓文化差異？」

「我真想把你這副機車樣錄影PO網，讓今天在場外為你吶喊的迷妹看清你的真面目。」

「但是，我記得今天最炙熱的目光，來自妳的眼眶。」陳敬雖然抱著厚重的被褥，腳步卻依然很輕快，嬉皮笑臉地回頭望了我一眼。

所以說人不能被抓到把柄，要花癡也不能被當事人看透，不然就會落得如此下場。

「到了。」我停在房間門口，用一副老娘趕時間的嘴臉看著他，希望能趕快結束對話。

「要幫妳拿進去嗎？」縱使嘴巴上這麼說，但這傢伙早已將胳膊中緊抱著的棉被堵到我面前，雪白潔淨的被單飄出淡淡的清香，很溫和很好聞，我用力吸了一口氣的同時噗一聲笑了出來。

「哈哈哈看來你主要掌管備品區啊！」帶上門前，我露出奸詐笑容淡淡地說，留下門外錯愕的陳敬。

會這麼說只是因為——

被單上散發出的淡淡清香，跟陳敬身上的味道一模一樣。

「我想坐那個位置。」這個奸詐的笑容，還有那張萬人之上的面孔。世界上怎麼可能會有這麼荒謬的事！

「我認識她！」他笑著對老師說出這句話的同時，我明顯看出那個年過五十的女人，早已懾服在這個清新男孩的制服褲下。

＊

「吳書豪你換到這裡來坐，那個位置讓給新同學。」這是我第一次體悟到，原來顏值高當真可以為所欲為，連平常按原則行事的班導師都可以輕易受到感化。

「你別走！」我咬牙切齒地按住吳書豪拎起書包的手，雖然知道大局已定，江湖險惡由不得我，但我還是要為自己的未來進行最後的掙扎。

「我走了，不要太想我。」吳書豪正眼沒看我一下，但聽得出他聲音顫抖，望著吳書豪的落寞身影走向最靠近講台的位置，我頓時明白原來身不由己的並非只有我。

「白亮亮，要好好照顧新同學！聽到沒有？作業要交，該做的事情要做，不要每天都帶著一個空腦袋來學校，都已經高中了。」班導命令式的語氣與剛剛溫柔和藹的模樣相去甚遠，還順便把我數落了一頓。

「是。」我心有不甘地回應道。

一整節數學課下來，我完全沒有分心，始終盯著桌上的數學課本看，黃琳做過一份統計數據，我平均每堂課會偷看袁東明九次，但這節課卻創下歷史新低，因為我實在一刻都不想瞥見我身邊的妖孽，就算只有眼角餘光也不想，我怕他臉上那個狡詐的笑容會讓我抑制不住想殺人的衝動。

下課時，陳敬緩緩將椅子往我這裡移了幾公分。「老師剛剛好像叫妳亮亮是嗎？那個，亮亮同學我印象中妳話很多，還是，見到我後太興奮了嗎？」

「回去。」我還是不想正眼看他。

「回去哪？釜山嗎？」

「你是從釜山轉學過來的嗎？」白富美不知道什麼時候來到陳敬身邊，露出一臉花癡的笑容。

「哇！好酷喔！」不只白富美，陳敬身邊頓時聚滿一群女生，連窗戶外面都擠滿了別班聽聞風聲，前來一睹轉學生風采的花痴們。

趁著陳敬被團團包圍調查身家的同時，我一臉無奈地往黃琳的方向移動，只見黃霸王翹著一雙修長的美腿坐在桌子上等我，臉上的表情卻逐漸「母湯」。

「白亮亮快說！妳從哪裡認識的天菜？」

「黃琳！我現在很認真喔，妳千萬不可以愛上他知不知道！人不可貌相聽到沒有。」

「不知道，沒聽到。顏值至上，是我一向遵循的人生準則。」黃琳擺了擺手示意我往旁邊靠一點，不要擋到她觀賞帥哥。

唉！我看這個黃琳是徹底沒救了，雖然我也喜歡帥哥，但是人除了帥、品行也要端正才值得崇拜啊！就像我的袁東明這樣。

像陳敬這種金玉其外敗絮其中的自戀狂，給我十打我也不要。

「亮亮！大家在問我們是怎麼認識的，我可以說嗎？」

「你給我閉嘴！」我用力吸了一口氣，兇惡地回頭瞪著陳敬，卻發現圍繞在他身邊的三千佳麗對我回以兇惡且殺氣重重的目光。

「我們是碰巧在韓國的便利商店認識的。」

「什麼妳說亮亮來搭訕我，哈哈哈不是啦！」

「就剛好撿到她的東西，還給她的時候聊了幾句⋯⋯。」

陳敬對著身邊笑得花枝亂綻的女孩們有說有笑的，看起來完全沒有要理會我的意思。這樣的氛圍一直維持到放學都還在持續著，坐在他旁邊的我，早已被女孩們極高的分貝以及七嘴八舌的功力轟炸得疲憊不堪，反觀陳敬還能嬉皮笑臉地有問必答，看來是非常習慣少女們對他的吹捧崇拜。

「白亮亮！老師叫妳記得留下來打掃中庭，她明天會檢查！」班長的音量，估計全校都知道，二年五班有一個叫白亮亮的人被罰留校服務。

「亮亮！為什麼只有妳要留下來掃地？」陳敬不知道什麼時候脫離了他的成群粉絲，來到我身邊話風涼。

「拜託你不要跟我說話！」我連正眼都不想看他。

「妳被處罰喔！」「要幫妳嗎？」「妳為什麼今天一整天都不理我？」

直到走出教室為止，陳敬都像隻哈巴狗一樣在我身邊轉來轉去，還好白富美跟班上的幾個花痴妹子半路攔截，吵著要陳敬等她們收書包一起回家，陳敬拗不過白富美的死纏爛打被困在教室，我才得以脫身。

黃琳：亮！我跟海娜開完會後在校園咖啡等妳喔！

*

回覆完黃琳傳來的訊息，我舉著竹掃把踏著悲壯的步伐向中庭前進，黃琳跟海娜這個學期開始都是學生會幹部，一敲鐘就急急忙忙跑去開學生會議，根本沒空理我這個犯錯被處罰的人。

偏偏學生會議選在今天，害我瞬間少了兩個小幫手。雖然平時黃琳嘴上一直碎碎念，但她還是屬於比較講義氣的那派，我一邊哀怨地掃地一邊想念我的兩個好友。

可惡的學生會！都是你搶走我的好朋友，害我現在孤立無援，而且經過一整個暑假的中庭真是髒到難以想像。不只灰塵、落葉，還有幾杯不曉得放了多久已經分離結塊的，像是珍珠奶茶的不明物質。

「嘔！」我捏著鼻子厭惡地把那幾罐不明物質夾起來，丟進剛剛到回收室跟清潔阿姨盧很久才拿到的大型垃圾袋裡。

「學妹！」這個聲音……我回頭一看，不出所料，我的二號情敵，前學生會公關長小婷學姊正長髮飄逸地走向我，一臉著急的模樣。

「在這裡遇到妳真是太好了！」小婷學姊手上提著兩個跟我一模一樣的特大號垃圾袋，「回收室的門鎖了，警衛說阿姨要大概半個小時後才會回來，但是我現在要趕去學生會交接沒辦法等這麼久，妳待會可以順便幫我拿去丟嗎？」

「學姊我這邊……」

「學妹謝謝妳啦！我趕時間，下次再請妳喝飲料！麻煩妳了，掰掰。」

「學姊……學……小婷學姊！」

學姊根本沒時間聽我把話說完，跑得跟飛一樣快，轉眼就消失在走廊盡頭。

望著眼前這兩袋滿得快爆出來的垃圾，我無力地嘆了口氣繼續埋頭打掃，幸好中庭的垃圾加總起來並不多，所以我手上的垃圾袋大概只滿了一半，但要同時把三袋垃圾一起搬到回收室門口還是有點困難。

沒辦法，只能分兩趟跑了。

我認命地提起其中兩袋相較之下比較輕的垃圾袋，蹣跚地走向回收室，中庭距離回收室有一段距離，途中還要經過停車場。而小婷學姊班上那袋垃圾說實話，提久還真的蠻重的。

正當我專心思考學姊剛剛究竟是如何自己提著兩袋垃圾在校園裡面奔波時，「啪嚓」讓人完全不想面對的不祥之音響起，緊接著是一連串東西散落的聲音，我感受到左手邊的重量瞬間被抽空。

殘破飄揚的兩片黑色塑膠膜落魄的在我的手中翻飛，此刻的我已生無可戀，因為散落一地的東西遠比想像中還要驚悚，剛剛那幾杯結塊的珍奶根本不算什麼，最重要的是我還把鐵夾留在中庭。

「咦，是亮亮？」

就在我欲哭無淚地蹲下來收拾殘局時，耳畔傳來熟悉的聲音，看來老天爺是覺得我今天還不夠慘。

我悲切地抬起頭來，估計現在陳敬眼裡的我，就像電影裡面的鞋貓劍客那樣淚眼汪汪。

「你為什麼還在這裡？」

「剛剛白富美讓我陪她去合作社買麵包……哇！妳也太慘了吧！」

我嘟著嘴悶悶不樂的沒有回話。

陳敬將書包隨性地甩在地上，蹲下身來搶走我手上另一個只有半滿的垃圾袋，「妳這樣一個一個撿要撿到什麼時候？」

陳敬熟練地收拾著，原本落了滿地的衛生紙、寶特瓶一下子減少許多，但是袋子的空間並不夠容納所有垃圾，「妳先把這個拿去丟，回收場會有多的袋子嗎？」

「有。」我有氣無力地點了點頭。

「那再順便多拿一個袋子來，我在這裡幫妳顧著。」陳敬將打包好的垃圾遞給我。

我有些彆扭地應了一聲「好」，隨即接過那袋隨時都有可能崩裂的垃圾，才剛轉過身踏出第一步，眼角餘光便迅速閃過一個黑影，當我意識到那是一輛黑色轎車時已經太遲了，眼睛接收到的訊息還來不及傳達到大腦，耳畔卻先響起陳敬的聲音。

「小心！」

尖銳的喇叭聲劃破天際，我一個踉蹌差點失去重心，身後那隻強而有力的手穩穩地拽住我的手腕，「妳沒事吧！」很溫柔很穩重的聲音。

我回頭看見一臉憂心的陳敬以及從遠方朝我跑來的袁東明，不知道是不是剛剛受到驚嚇，腦袋瘋狂抽搐著像是要爆炸了一樣，心跳加速的感覺使我喘不過氣來，腳一軟癱坐在地上不住地喘氣。

「亮亮，妳聽我說……亮亮，妳聽我說。」失去意識前，我又聽到這個聲音。

不過與以往不同的是，我很確定，這次是個女人的聲音。

「才開學第一天，怎麼就這麼倒霉呢。」我叉起草莓千層蛋糕上一顆鮮紅欲滴的草莓。

「妳不要吃這麼快，妳就是平常太愛亂吃，身體才這麼虛。」

據說我昏倒後不久，黃琳跟海娜就急急忙忙地結束會議趕來保健室，袁東明不但幫我把垃圾處理好，在我醒來之前也一直體貼地守在我身邊，見到我沒事才放心離開。

袁東明：今天被嚇壞了吧，回家後好好休息！

嘴裡草莓果醬酸酸甜甜的滋味，配上袁東明傳來的暖心簡訊，讓我禁不住嘴角上揚。

「這是覺得自己倒霉的人會露出的表情嗎？」黃琳一臉嫌棄地將我面前的冰紅茶跟她的熱花茶對調。

「妳不懂啦，當我一睜開眼睛看到袁東明的時候，真的覺得自己很像偶像劇裡的女主角。」我突然頓了一下，「咦！不過袁東明怎麼會剛好出現在停車場？」

「他說他處理完美術社的事情準備要回教室的時候，從二樓看到妳提著垃圾要去回收，但走到中庭發現還有一包，想說妳可能拿不了這麼多，就順便幫妳一起提過去，沒想到走到停車場就發現妳差點被車撞。」黃琳一臉理所當然的表情。

「原來如此，他真的很貼心欸。」我喜滋滋地舉起手機，思考該如何向袁東明道謝。

「妳也應該好好感謝一下陳敬。」黃琳卻出聲打斷我的思緒，「把妳背到保健室的人是他。」

「蛤？不是袁東明把我送到保健室的嗎？」

「不是，袁東明說妳一暈倒，陳敬就急急忙忙把妳背到保健室了。」

若不是黃琳提起這件事，我還真忘記垃圾打翻時，是陳敬在旁幫我一起收拾殘局。

「原來他也有善良的一面。」本來想順便跟陳敬道謝的，可下一秒我才發現我們並沒有交換聯絡方式。

「欸妳怎麼這樣！幫了妳還要被你這樣說，沒良心的女人。」黃琳沒好氣地斥責道。

「我看妳是因為他長得帥才這樣幫他說話。」

「陳敬到底是做了什麼妳這麼討厭他啊？」海娜一臉疑惑地看著我。

「他是釜山民宿老闆的兒子。」

「什麼？」「真的還假的！」

於是，我便把在釜山那晚遇到陳敬的故事一字不差地告訴她們。

「天啊！白亮亮。」黃琳誇張地翻了一個白眼，「沒想到妳是這麼自私的人欸。如果那天晚上遇到天菜，那妳隔天就應該馬上跟我分享啊！」

「傻眼，妳隔天還在宿醉好嗎。」

「以陳敬的顏值，我完全願意取消後面幾天的行程一直待在那間民宿。」以我對黃琳的了解，她是絕對有可能做出這種事來的。

「我覺得他應該只是比較愛開玩笑的類型啦。」海娜公主看誰都覺得對方是善良無比的好人。

「妳們都被他的外表給騙了，我一定要讓他在大家面前露出真面目，等著！」

「是妳一開始先在人家面前花癡的好嗎？為什麼變成是他自戀，聽起來明明就是妳的問題。」

「反正……我就……不喜歡他啦！」

「不喜歡他就好，這樣大家少一個情敵。妳就繼續進攻袁東明那塊石頭。」

「喂！袁東明跟陳敬才沒有辦法相提並論，一個正直善良，一個油腔滑調。」

「那陳敬為什麼會突然從韓國轉學過來啊？」海娜硬生生打斷了我與黃琳的爭吵。

說的也是，今天似乎沒有聽他提到轉學的原因。

「對欸，為什麼要轉來台灣禍害眾生呢？而且為什麼剛剛在保健室醒來沒看到他？難怪我會以為是袁東明送我去的保健室。」

「誰知道妳這隻死豬什麼時候會醒來啊！」

我朝黃琳這個沒良心的女人翻了個白眼，內心卻默默對新來的轉學生燃起一絲好奇。

第三章　心事就該藏心底

隔天早上，我提早十分鐘出門，繞到學校後門的便利商店買了兩盒餅乾當作謝禮。

本來想神不知鬼不覺地放在陳敬桌上裝沒事，沒想到才一踏進教室，就看到他坐在座位上傻乎乎地衝著我笑。

「早安！妳好早啊，昨天回去後有好一點嗎？」

我點了點頭，從書包裡彆扭地抽出一盒草莓夾心酥遞給他，「吶，謝謝你昨天幫我，還背我去保健室。」

「不客氣！」有別於昨天的沉著，陳敬恢復一貫的嬉皮笑臉，在我面前晃了晃那盒草莓夾心酥，「不過我比較喜歡巧克力口味，下次不知道買什麼給我，可以直接給我錢。」

「吃屎。」虧我本來還想跟他好好相處的，看來是八字不合。

陳敬誇張地笑了起來，似乎很滿意我的反應。

「神經病。」我暗罵了一聲，把視線移往窗外，記憶中袁東明差不多都是這個時間點到學校。

果然，不到兩分鐘就看到睡眼惺忪的袁東明緩緩朝教室的方向走來。

他也看到了我，露出一個淺淺的微笑，薄薄的唇瓣開合間溫柔地勾成一句：「妳還好嗎？」

我對他綻放一個無比燦爛的笑容外加用力地點頭。

正當我準備從書包裡拿出袁東明最愛的巧克力脆笛酥時，陳敬卻忽然探出頭來盯著我書包裡的脆笛酥看，「欸，我比較喜歡吃這個。」

「呵呵，便利商店有賣啊！你可以自己去買。」我緊緊握住餅乾盒皮笑肉不笑地回應道。

「跟我換，我不要吃草莓的。」咦，這是哪招，竟然還開始耍賴。

「哎呀！這個不是要給你的啦！」眼看陳敬的魔掌就快要碰到我的巧克力脆笛酥，我下意識地往後退，他一個不穩差點整個人撲到我身上來，還好我用手肘把他頂了回去，才避免一場悲劇的發生，我可不想因為陳敬這個掃把星毀了我的一世英名，造成袁東明不必要的誤會。

「你真的很像小學生！」不想理會陳敬找回平衡後浮誇的反應，我逕自起身抱緊那盒引發戰爭的巧克力脆笛酥走向袁東明。

「袁東！」

聞聲，袁東明把視線從滿滿一桌的數學考卷上移開，抬眼望向我。「妳昨天回家還好嗎？沒有哪裡不舒服吧？」

「沒事，我昨天吃了兩塊蛋糕，吃完後就好很多了。」

我一屁股跨坐在袁東明正前方的位子上，只見他臉上漾起一抹好看的笑容，「哈哈哈，妳真的很好笑！」

「有嗎？可是我很認真欸。我昨天真的在校園咖啡吃了兩塊蛋糕啊，我的巧克力千層跟海娜的草莓蛋糕。」結果說完後卻讓袁東明從原本的微笑變成「咯咯咯」的大笑，我很喜歡聽他笑，是那種帶點孩子氣又很有感染力的聲音。

「因為妳每次都很認真地講很好笑的話，通常這種才是最好笑的。」

唉，或許在袁東明眼裡，我的定位就是一位很有喜感的同班同學也說不定。

但我實在是不想讓他覺得我有喜感啊。

我有點委屈地把巧克力脆笛酥從背後拿出來放到桌上，袁東明沒有發現我眼神裡的失落，拿起脆笛酥的表情像是看到新玩具的幼稚園兒童一樣開心，「給我的嗎？怎麼這麼好。」

「謝謝你昨天幫我把垃圾拿到回收室，還陪我在保健室待了那麼久，一點小心意。」

「哈哈謝啦！妳竟然還記得我喜歡吃這個。」

會知道袁東明喜歡吃巧克力脆笛酥，是因為國二的時候，班上同學提議在聖誕節玩小天使與小主人的遊戲，結果黃琳這個傢伙竟然幸運地被袁東明抽中了。

抽完籤的當下，袁東明便悄悄告訴我他抽到黃琳，要我告訴他女生都喜歡什麼東西。我佯裝不在意地隨便回應了幾項零食後，想說機會難得，便順勢反問了他。

本以為男生都不太喜歡吃零食，沒想到袁東明在提到巧克力脆笛酥時竟然兩眼發光，我到現在都還記得他當時滿臉興奮的表情。

「謝啦，這真的是我的最愛。」

「你好像很喜歡吃甜食欸。」

「我只喜歡巧克力系列的東西，其他就還好。」

咦，我怎麼記得不久前才剛聽到這句話。

「亮亮，等下的社團招生活動你有要去嗎？」袁東明珍惜地把巧克力脆笛酥放到書包的夾層，抬起頭來懇切地望著我。

「你們還有缺人嗎？」

上學期我追隨袁東明一起加入美術社，其實我對畫畫沒有太大的興趣，純粹就只是對袁東明有興趣而已，所以也只在大型活動缺人的時候才偶爾露個臉，不像袁東明因為過人的繪畫天分，一進美術社就贏得所有學長姊跟老師的厚愛，高二理所當然的被推舉為社長。

「蘇靜瑜說，她會跟我一起在中庭舉大字報，可是副社長他們好像還缺一個幫忙後門發傳單的，妳可以嗎？」

這個消息對我而言有如晴天霹靂，雖然嘴上說好，卻依舊忍不住在心裡吶喊：嗚……可是人家也想跟你一起舉大字報。

「太好了，那我現在就跟副社長說妳可以支援活動，謝啦！」

好恨啊，又被蘇靜瑜搶先一步。

蘇靜瑜加入美術社的原因跟我一樣，甚至比我更明顯，至少我畫的東西拿出來還勉強可以見人，蘇靜瑜連竹籤人都畫得超醜，如果參加「竹籤人繪畫比賽」一定會拿最後一名的那種程度，但是袁東明在需要的時候卻首先選擇了她，而我就只是「剛好順便」有空可以幫忙這樣而已。

回到座位後我的心情真的是盪到谷底，雖然一直勸自己不要想太多，但怎麼想都還是覺得，在袁東明眼裡我可能就是個認識比較久，隨時都可以被取代的同班同學罷了。

「亮亮，妳喜歡他喔？」

「噓！」陳敬不知道什麼時候又神不知鬼不覺地把椅子移到我身邊，嚇了我一大跳，下意識對他比出一個「噓」的手勢。「你幹嘛啦？」

「沒有啊，只是妳表現很明顯。」

「哪裡明顯？」我瞪大眼睛望著他，如果連才剛來一天的陳敬都看得出來我喜歡袁東明的話，說不定以為把這份心意隱藏的很好的人，就只有我一個人而已。

「巧克力脆笛酥比較好吃，你給他，不給我。」

此刻我真想跟工友伯伯借一把電鋸，然後用力地從陳敬腦袋上劈下去。

「你不要就還給我。」

「妳的喜怒哀樂都寫在臉上。」正當我作勢要搶走他桌上的夾心酥時，陳敬忽然一本正經地說，「所以妳一有祕密很容易就會被發現。」

不願意承認，但我確實不太擅長隱藏自己的情緒。

陳敬眨著眼睛，一副被我說中了吧的得意神情，搞得我一顆心七上八下的。

「到底在說什麼啊。」我慌張地把目光從那張不得不承認真的很帥氣的臉龐上移開。

「我說，我也喜歡巧克力口味，所以妳下次要記得。」陳敬露出一個燦爛的微笑，若無其事地把椅子移回原本的位子，像什麼事也沒發生過一樣，從書包裡拿出一本厚厚的書開始翻看。我用眼角餘光偷偷瞄到，那是一本被翻得爛爛的樂譜。

同學們一個接一個走進教室，望著陳敬的側臉，總覺得與那天我在海雲台沙灘上看到的帥氣主唱有些不同。

「欸，你要加入熱音社或流行音樂社嗎？」這是我第一次主動向他提問，其實我比較想問的是為什麼轉學來台灣，但感覺他又會嘻嘻哈哈地打馬虎眼。

陳敬似乎也被我突如其來的發問嚇了一跳，他頓了一下，「妳是熱音社的嗎？」

「我看起來像嗎？」我翻了個白眼。

「但妳看起來也不像美術社的啊。」

幹，那你還問我是不是熱音社的，王八蛋。

「你最好是看得出來！快點啦，下午就要社團博覽會了，到時候老師又說我沒有好好照顧新同學。」

「嗯，沒意外的話應該會選熱音社吧。」不知道為什麼陳敬看起來似乎沒有很確定。

「會有什麼意外？你唱歌那麼好聽，而且吉他彈得又好，我覺得全校就你最合當熱音社的主唱，那天晚上的表演水準真的很高……」

陳敬噗一聲笑了出來，「衝著妳這番話，看來我是必須得加入熱音社了。」

唉，我這種想到什麼說什麼的毛病有一天真的會把自己給害死，雖說是實話，但我還真不想當面這樣誇他，偏偏當我反應過來的時候已經太遲了。看著陳敬得意的表情，如果他有尾巴的話此刻一定翹得比天花板還要高。

「謝謝。」陳敬沒有看我，托著腮幫子直直地望向前方，左邊臉頰上掐起的深邃酒窩，讓我想起那晚迎著海風刷著和弦的瀟灑少年。

*

「白亮亮！妳怎麼現在才來！」副社長一臉不滿地抱著皮皮虎的頭套站在後門等我。

我愁容滿面地走向他，「小林我一定要穿皮皮虎嗎？今天很熱欸。」

皮皮虎是我們社團的吉祥物，可愛是可愛但想到要在這麼熱的天氣穿著它移動，就讓人感到渾身無力。

「社長說妳要來幫我們補缺，我們就是少了穿皮皮虎玩偶裝發傳單的人力，快點啦，妳沒看到別人老早就開始了，到時候招不到社員我找妳算帳。」

「那你自己為什麼不穿！」

「你在說什麼，我可是副社長！」

差點三字經都要罵出來了，果然人在逃避的時候什麼藉口都說得出來，我心不甘情不願地抄下「副社長」手上那套毛茸茸的玩偶裝。

「這跟說好的不一樣。」

「不要再碎碎念了，快點換完過來，今天妳至少要發出一百張傳單。」語畢，小林毫不留情的轉身走回攤位，留下我一個人站在原地艱難地套上那件厚重的老虎裝。

「好可愛喔！可以跟你拍照嗎？」才剛換好服裝、戴上頭套，就看到兩個看起來很嫩的高一學妹朝我走來。

「當然可以！學妹妳們喜歡畫畫嗎？」副社長一看有客人上門，馬上親切地過來迎接，態度一百八十度大轉變。

哼，臭小林，根本就是壓榨員工的壞老闆。

擺出可愛Pose賣萌的同時，我不忘在心裡暗罵。

排隊拍照的人差不多都拍完離開後，小林抱了一疊厚厚的傳單交到我手上，「白亮亮，妳去校園裡面發這個，要盡量多發一點。」臨走前還不忘多加一句，「不准偷懶！妳現在很醒目，別想耍花招。」

「臭小林，真的有夠愛使喚人，又沒付我錢還一副老闆嘴臉。」我一邊走一邊嘀咕。

好在穿了這身老虎裝，不管做什麼都很吸睛，所以傳單發起來格外順利。在意識到沒有人認得出我是誰之後，我便有意無意的朝中庭的方向晃過去，雖然知道中庭不是只有袁東明跟蘇靜瑜兩個人在招生，但只要他們兩個在一起，我就很擔心這個蘇小姐不知道又會使出什麼小手段，勾引我家靦腆老實的袁東明。

中庭的攤位很多，畢竟這裡是最好的宣傳位置，因此就算擠成一片，也要為自己的社團爭取一下。

美術社的攤位在中庭最角落，儘管這裡擠得像水族館裡的沙丁魚群一樣，我還是一眼就找到了袁東明。

他舉著大字報，熱情地向每個路過的學弟妹搭話。「學妹，要不要加入美術社？」

只見學妹的臉上泛起一抹紅暈，這個表情我再熟悉不過了，每個第一眼見到袁東明的女孩都會露出這種表情，「學長不好意思，我已經加入手語社了！學長……加油！」離開前還戀戀不捨地回頭張望了幾眼。

「學長我們不會畫畫可以加入嗎？」一群看上去醉翁之意不在酒的小學妹，看準時機噠噠噠地跑上前去。

望著排隊遞出報名表的「小鮮鮮」們笑得花枝亂綻，我不禁開始為美術社懸殊的男女比例擔憂。

「那個，學弟要不要加入人物美術社？」袁東明似乎也發現了這一點，開始主動向學弟進攻。

「我不太會畫畫。」學弟鐵壁防守。

「沒有關係！只要有興趣任何人都可以加入。」袁東明再攻。

「學長你知道熱舞社的攤位在哪嗎？」

Game over。

「學弟你先參考一下美術社的學期活動，搞不好你會感興趣呢！」蘇靜瑜露出甜美的微笑上前救場。

袁東明像找到救兵似地頻頻點頭，「對啊學弟，參考一下再做決定也可以啊！」

「那麼學姊，我可以加妳的Line，等我想好再告訴妳嗎？」

哇。這個膽大包天的學弟竟然趁機揩油，我正準備走過去往他抹了不知道幾層髮蠟的後腦勺獻上一記左鉤拳，眼前的景象卻讓我停下了腳步。

只見袁東明一個箭步，擋在蘇靜瑜跟學弟之間。

「不好意思學弟，可能不太方便。」懷疑可能是自己聽錯了，我甚至摘下腦袋上笨重悶熱的頭套。

學弟蹙了蹙眉露出一個挑釁的表情，「學長，你是學姊的男朋友嗎？還是你喜歡學姊？」

拜託……快說不是。我的腦袋一片空白，緊攥著拳頭等待袁東明的回答。

袁東明沉默了，整個中庭也隨著袁東明的沉默瞬間靜聲，許多人都停下手邊工作抬起頭來看熱鬧。

快說不是！腦袋裡的回音越來越大。

但袁東明依舊站在原地一個字也不說，只是雙眉緊鎖地瞪著學弟。

「阿東……」蘇靜瑜一把勾起袁東明的手臂，眨著一雙小鹿眼可憐兮兮地看著他。

「學姊，我沒有要找麻煩的意思，只是我這個人比較直接，初次見面可能嚇到妳了。」學弟將視線轉向蘇靜瑜，臉上的表情瞬間柔和許多，「我叫吳智凱，是今年的新生，學姊是我喜歡的類型！希望下次見面可以跟妳好好打個招呼。」

隔壁學生會會長忍不住笑了起來，周圍也有許多人掩著嘴竊笑，蘇靜瑜似乎覺得很難為情，緊緊勾著袁東明的手，雙眼不知所措地看向地板，「我知道了，但希望你下次不要再這樣跟學長說話。」

學弟鄙視地瞥了一眼袁東明，只是不知道為什麼他的目光最後停在學生會的攤位上：「學長，你這樣容易讓女生誤會的個性，最好還是改一改比較好，如果不喜歡的話，麻煩不要做一些讓人會錯意的事情。」

「你說什麼？」袁東明紅著脖子，雙眼佈滿血絲，認識了這麼久我第一次看他這麼生氣，蘇靜瑜緊拽住袁東明，整張臉皺成一團一副快哭出來的模樣。

原本已趨緩和的氣氛瞬間被點燃。

「明明就是你先來找麻煩的！」吼出這句話的同時，袁東明憤怒的視線穿越人潮、對上我濕潤的目光，我沒有看到他接下來的表情——感覺眼眶濕熱的下一秒就會被看穿，我飛快地轉身穿過重重人群離開現場，我不明白自己為什麼要逃，是害怕心意被發現還是單純覺得難為情？

「你知道嗎，聽說袁東明跟一個學弟在中庭吵起來了。」

「五班那個校草嗎？他個性這麼好，是學弟先招惹他的吧？」

「聽說是為了他們班上的蘇靜瑜，兩個人爭風吃醋差點打起來。」

「蘇靜瑜也太幸福了吧！袁東明欸。」

「唉，就是說啊，多少女孩心要碎了。」

沿路上許多人都在議論紛紛，畢竟袁東明跟蘇靜瑜都是校園裡的風雲人物，我還真有點慶幸自己如此不起眼，所以躲在體育館旁的樓梯間默默掉眼淚也不會有人對我指指點點。

即便袁東明從頭到尾都沒有開口承認喜歡蘇靜瑜，但對於問題本身保持沉默有另外一派解釋——默認。

既然對學弟正面丟來的問題保持沉默，便說明袁東明並不否認自己喜歡蘇靜瑜，或許只是不好意思在那麼多人面前表態罷了。

喜歡一個人是一種很複雜的情緒，每個人都有自己的詮釋方式，有人說當喜歡超越了勇氣，就能夠義無反顧地向對方展露自己的心意，或許是我不夠勇敢所以一直以來始終只能躲在身後默默注視著袁東明。

我看過太多向袁東明表白的女孩，我羨慕她們勇於面對自己內心的坦率，可是我更不願看到的是袁東明在收到表白後不知所措的神情，我不知道在這麼多喜歡他的女孩中，是不是真的會有一個人如此幸運的剛巧也觸動了他的心，他從來沒有接受過任何一次告白，但每次對於表白後傷心落淚的追求者總是深感愧疚。

「亮亮，我今天又少一個朋友了。」曾經袁東明這樣對我說，他刻意用一派輕鬆的語氣掩飾，嘴角不自然的弧度卻將眼神裡的憂鬱表露無遺，我想這就是造成袁東明老是有意無意與他人保持距離的原因。

那天，我默默在心裡發誓，絕對不能造成袁東明的困擾，或許比起一個喜歡他的女孩，他更需要一個可以吐露心聲的好朋友，所以我寧願當那個好朋友，好過於再也當不成朋友。

我不是沒有想過，有一天袁東明會一臉興奮地跑來告訴我自己喜歡上了某個女孩，我也在心裡練習過很多次，遇上這種狀況時該以什麼樣的表情、什麼樣的語氣為他感到開心。

只是當事情真正發生後，我才發現原來喜歡會讓人變得貪心、自私，在我決定以一個朋友的身分留在袁東明身邊時，其實就已經失去為他悸動的權利，可我終究起了貪念，貪心地奢望或許剛剛好我就是那個他喜歡的女孩，不是蘇靜瑜，更不是其他任何人。

「或許找不到傷心的理由，或許你不曾為我難過。還好他不像我……」

遠處傳來的歌聲讓我嚇得站起身來，照理說現在是社團活動課的時間，體育館應該不會有人才對……

我小心翼翼走下階梯，撿起剛剛不小心被我推下樓的皮皮虎頭套，謹慎起見，戴上頭套活動比較安全。

歌聲是從樓下傳來的，體育館在A棟四樓，因為考慮到那裡還是屬於開放的場域，翹課的同學無處可去又不想太早被教官抓到就會選擇待在體育館殺時間，所以我才決定蹲坐在幾乎不會有人經過的三樓樓梯間，卻完全忘記A棟二樓有個連接A、B棟的連接走廊，偶爾會有熱舞社或手語社的學生利用那個空間練習。

我躡手躡腳地緩步踱下階梯，走到二樓連接三樓的平台，歌聲越來越清晰，很抒情沉穩的聲音，唱腔特別、尾音的部分處理得細膩完整，有點RMB歌手的感覺，完全超乎正常高中生該有的歌唱水平。

不過，總覺得好像在哪裡聽過這個聲音。

難道是流行音樂社的同學嗎？

擔心是熟人，若繼續往下深入勢必會被發現，所以我選擇停在轉折平台，偷偷從欄杆縫隙向下張望，一眼望去，卻發現對方的位置就在連接走廊的正前方，一個非常靠近階梯口的位置。

掌握情勢後我暗自鬆了口氣，慶幸自己剛剛沒有驚動到對方，可下一秒又想到，反正我戴著頭套，被發現也沒人知道我是誰，又何必這樣偷偷摸摸。

只是，這個念頭，在注意到演唱者一頭淺栗色的細軟髮後瞬間灰飛煙滅，因為我完全沒有想到，美妙聲音的主人竟然正是那個討厭鬼——陳敬。

自從認識陳敬以來，他在我面前各種幼稚無聊的行徑，讓我近乎遺忘最初見到他時，為他深深著迷的場景，他的歌聲彷彿有一種神奇的魔力，能使聆聽者不知不覺淪陷，掉進綿密飽滿的音色裡。

「或許找不到傷心的理由，或許你不曾為我難過。
還好他不像我，沒有事與願違的時候。
還好他才能左右你的笑容，所以我離開以後你還能笑著揮手。
那就祝福我，我深愛的朋友。」

在韓國第一次看到陳敬的表演時，我就覺得以他們樂團的實力完全可以組團出道，沒想到在無伴奏的環境下，陳敬竟然也能唱得這麼好，當我再度回過神來，發現自己已經完全陶醉於他優美超齡的演唱之中，以至於歌聲停止後，完全沒有發現陳敬正仰起頭來瞇起雙眼狡猾地望著我。

「上面那隻加菲貓，你是哪個社團的？」

我嚇得連忙站起身來，扶著皮皮虎頭套對陳敬比出一個不要靠過來的手勢。

無奈這名男子始終走一個不受控的路線，一邊笑著，一邊走上台階，「你聽完別人唱歌也該給個回饋吧！」

眼看敵人步步逼近，是該做出抉擇的時候了，此刻繼續往後退也不是辦法，正面突破雖然有風險但至少逃脫的可能性比較大。

此刻，陳敬與我僅剩三個階梯的距離，我算準時機一個閃身想從他左手邊的空隙迅速逃離現場。只是我太過心急，忽略了自己現在穿著一身綁手綁腳的玩偶裝，當我奮力邁出又粗又短的毛毛腿時，失去平衡的感覺再度找上了我。

從這裡跌下去會死人的吧——

閉上雙眼前，我閃過這樣的想法，抱著腦袋準備以一個殺傷力比較小的姿勢落地。

「妳到底為什麼每次都要這樣跌跌撞撞的？」

強勁的反作用力使我覺得腹部有如受到重擊，取代失重感與強烈撞擊的是找回平衡的安心。

活下來了嗎？我有些難以置信。

「白亮亮，妳快點站好，很重！」

還來不及為了保住小命歡呼，我的眼角餘光便瞥見應該是被慣性甩出去的皮皮虎頭套，生無可戀，比起這樣被認出來，為什麼不乾脆讓我直接摔下去算了……

陳敬冒著青筋的手臂攬在我的腰側，我以一個麥可傑克森的招牌四十五度傾斜，把所有的重量施力於那隻精壯的手臂上，微微撩起的制服袖子露出一截平時被五分袖遮起的上臂，膚色均勻的手臂上掛了一道長長的疤痕。在我迅速撥開他的手站穩腳步後，陳敬也快速將原本覆蓋在手臂上的制服袖調整好。

或許是意識到兩人剛剛的姿勢究竟有多尷尬，我們難得默契地閃躲了幾次眼神交鋒，空氣分子瞬間凝結在幽暗的樓梯間，安靜無聲的走廊也令人渾身不自在。

「啊——」

正當我打算就這樣裝作什麼也沒發生，不負責任地轉身逃離這尷尬無比的現場時，身後卻傳來一陣淒厲的呻吟。

用力地嘆了口氣，我的良心還是決定帶我走向苦難。

「欸，幹嘛啦？你不會扭到手了吧？」看著陳敬抱著手臂表情痛苦地蹲在樓梯間，我不免感到那麼一丁點的內疚，畢竟他是為了救我才受傷，雖然也要怪他剛剛硬要靠過來，才會發生這一連串連鎖效應。

陳敬沒有回覆我的問題，臉上始終掛著痛苦的表情不斷哀嚎，我有點慌了趕忙蹲下身來，「你不要嚇我！走，我帶你去保健室。」

看著陳敬緊攥的拳頭，腦中不禁浮過那道隱藏在制服袖底下的傷疤……

擔心是舊傷復發，我輕輕拉著他沒有受傷的另外一隻手，準備扶他起身，沒想到那張因為疼痛而扭曲的臉龐卻突然浮出兩輪深深的酒窩，一雙深棕色的眼眸靈動閃爍著，連我都感受到自己映照在那雙皎潔雙眸裡的認真模樣可笑至極。

「原來妳還是有點良心的嘛。」

「……王八蛋。」憤怒地甩開陳敬的手，我惡狠狠瞪著他，「你真的很無聊，虧我剛剛這麼擔心。」

都怪我太天真才會相信這個奸詐狡猾的狐狸男，起身後我毫不留情地扭頭就走。

「喂，白亮亮。」才走沒幾步身後便傳來陳敬的輕喚，「袁東明沒有喜歡蘇靜瑜。」

我的腳底像被強力膠黏住一樣。「蛤？」

「我說，袁、東、明、不、喜、歡、蘇、靜、瑜。」

我愣愣地站在樓梯口，一臉不解地回頭望向坐在台階上的討厭鬼。

「相信我。」他單手托腮，一副所有事情都在掌控之中的表情。

不過相較於這個重大資訊，陳敬又是怎麼知道我剛剛正在為了這件事情悶悶不樂，反而更讓我在意。

「你幹嘛跟我說這個，而且你又知道了，明明才剛來沒幾天。」突然覺得有點難為情。在陳敬面前不知道為什麼，總是有一種……什麼祕密都會被看透的感覺。

「感覺妳會想知道，而且其實挺好分辨的，畢竟袁東明感覺上有點，嗯，濫好人傾向？」

「你剛剛都看到了？」

「嗯，在中庭不是鬧得蠻大的。」陳敬一臉理所當然的表情，「話說，妳要穿著這件衣服到什麼時候？妳是加菲貓嗎？」

「沒禮貌，這是老虎好嗎？」我嘆了口氣，挑了距離最近的階梯坐下。

「欸你說，我喜歡袁東明，真的有那麼明顯？」背對著陳敬，我心想，或許找個人抒發一下會比較好過一些，加上他才剛來沒幾天就發現了我隱藏多年的小祕密，若不是他的感覺太過敏銳，就是我真的表現得太明顯。

「很明顯啊。妳的表情根本一目瞭然。」陳敬的回答完全在我意料之中，但我免不了還是有些低落，他緩步走到我身旁坐了下來，上下打量我一陣後接著又說，「再加上妳還穿成這樣，更明顯了。」

「連你都看出來了，袁東明這麼聰明肯定早就知道了吧！」我已經沒有力氣再理他的玩笑話，雙手托腮眼神空洞地望著地板。

「就算知道了又怎麼樣。」

「知道了就……」

「有時候勇敢一點也沒什麼不好。」

「我怕造成他的困擾。」

「不要裝得一副都是為了別人好的樣子。」

「……」

「如果妳真的那麼想的話，到時候袁東明真的跟別人走了，妳連掉眼淚的權利也沒有，畢竟妳從來沒有為自己爭取過。」

「幹嘛講得一副很有經驗的樣子，你情史豐富？」

我抬起頭來揶揄地說，陳敬乾淨的側臉上依舊掛著深深的酒窩。

「才沒有，我可是純情男子漢。」

「很可疑喔，怎樣怎樣，對方不喜歡你嗎？」聽到關鍵字，身體裡的八卦血液又開始蠢蠢欲動，我悄悄往陳敬的方向挪了挪屁股。

陳敬露出一個「妳猜啊」的笑容瞥了我一眼，沒有要正面回答的意思。

「賣什麼關子嘛，我看你根本就跟我沒什麼兩樣，一樣俗辣，還好意思說我。」我自討沒趣地將屁股挪回原位，沒好氣地說。

「不一樣好嗎，拜託不要把我跟妳相提並論，我才不會像妳一樣躲起來偷哭。」陳敬露出一抹乖張的微笑，讓我差點沒忍住往他臉上送出一拳的衝動。

不過我還是非常有肚量地耐著性子繼續進行對話，「欸，我可以問你一個問題嗎？」

陳敬微微側過身，深邃的眼眸撞上我的目光，他微微揚起眉毛，似乎對我突如其來的發問感到疑惑。

「剛剛我不小心看到你手臂上有一道疤，所以那個……有點在意，但是如果你不想說也沒有關係。」

「哪有人問了又叫人家不要說的。」陳敬語帶笑意，似乎不覺得有什麼好遮遮掩掩的，「小時候受傷留下的啊，誰小時候沒受過傷？」

「我還以為是你跟韓國的小混混打架受的傷，以你這麼欠打的個性我覺得非常有可能。」

「才不是呢，這道疤對我來說就像刺青一樣，」陳敬輕輕撫摸著右手臂，露出一抹意味深長的微笑，「總之，每次看到它我就會想起一個很白目又很愛哭的醜八怪。」

「嗯哼，說白話一點就是小時候跟別人打架留下的。」我故作理解地點了點頭，在一旁的陳敬卻忍不住笑出聲來。

「這有什麼好笑的？」我惡狠狠地斜睨著他，想起袁東明也很常在我說話說到一半的時候突然大笑，就讓我覺得很受傷。

「沒什麼，」陳敬雙手抱膝將目光從我身上移開：「只是覺得跟妳在一起很開心，所以才笑的。」

在沒有心理準備的情況下聽到這樣的稱讚，讓我突然有些難為情，只好抓抓鼻子默默轉移話題，「那……你為什麼會從韓國轉學來台灣啊？」

「蛤，我本來就是台灣人啊。」

漸漸習慣陳敬回答問題的模式，所以對這樣的答案我並不感到意外。

「你爸的民宿不是在釜山開得好好的嗎？我還以為你在那裡唸高中。」我接著問道。

「哎呦，妳對我很好奇嗎白亮亮？」陳敬揚起嘴角，伸出食指戳了戳我高高盤在後腦勺的包包頭。

我不耐煩地撥開他的手，「才沒有好嗎，只是很好奇你為什麼在高二的時候，突然轉到我們學校。」

「這樣就是好奇啊。」陳敬瞇起眼睛，噘著嘴用討人厭的語氣說道。

我朝他翻了個白眼，「不想說就算了。」

陳敬貌似覺得我翻白眼的樣子很好玩，幼稚的跟著學了一遍後，才肯開口說道，「他不是我爸。」慵懶的語氣裡還夾雜著幾分笑意。

我瞪大眼睛愣了幾秒不知道該說些什麼，「所以說……你是，或許你是……養子嗎？」

經過一番深思熟慮，我試圖拼湊出一句感覺不會太失禮的句子，卻惹來陳敬一陣大笑。

「白亮亮妳是不是八點檔看太多？」好不容易鎮定下來後，陳敬打趣地接著說，「他不是我爸，我也不是養子，而且如果我是養子的話，他也算是我爸啊。只是我國小的時候跟著堂哥一家人到韓國生活這樣而已，我跟堂哥年紀差很多，所以常常有人會誤以為他是我爸，久了之後他就常跟客人說我是他兒子，就這樣，其實沒什麼。」

「為什麼？」這句沒經過大腦的話果然一出口就後悔了，「我是說，那你的爸媽呢？」

「嗯不是，我是說，所以民宿老闆其實是大你很多歲的堂哥？」不管怎麼修正感覺都很像在刺探別人的隱私，雖然陳敬一副無所謂的樣子，但這種事情還是不要一直追問下去比較妥當。

正當我準備轉移話題時，口袋裡的手機忽然開始震動，只能說這個小林雖然平常很愛使喚人，又不太會看臉色，這通電話倒是來得很是時候，我迫不及待地按下通話鍵。

「白亮亮！妳跑去哪裡摸魚了？妳這個人做事怎麼可以這麼不負責任！妳知道我們……」

忘了小林是出了名的大嗓門，我的耳朵差點沒聾掉，就算把手機舉得遠遠的，依舊可以聽到他連珠砲似的怒吼從電話裡源源不絕地傳出。

「白亮亮，妳到底有沒有在聽我說話？」

「報告副社長，傳單我很早就發完了，也有跟好幾個學弟妹完整介紹美術社的學期活動，所以你真的不用擔心，你交代的事情我一件不落，全部辦得妥妥的。」好不容易才有機會插上一句，我盡量展現出誠意與耐心，好讓小林相信，白亮亮真的是個為了社團盡心盡力的優良社員。

可惜小林不吃這套，「發完了就可以四處摸魚嗎？不會回來幫忙喔，我都快忙死了，給妳三分鐘出現在我面前，現在立刻馬上！」連掛電話時我都能感受到小林溢出螢幕的憤怒。

「你們副社長是個人才啊。」陳敬揶揄地說，看來小林大嗓門的功力，一通電話就足以展現，我苦笑著聳了聳肩，「如你所見，我們副社長現在恨不得把我生吞活剝。」

我站起身來，有些哀怨地走下樓梯，這是我與陳敬第一次有內容的談話，雖然過程依舊有些磕磕碰碰，但總覺得這次聊天後，或許我們可以不再像以前那樣井水不犯河水地相處。

雖然一直以來都是我單方面的看他不爽。

「白亮亮。」轉進連接走廊前，陳敬又一次從身後叫住我。

「我的祕密，妳可別告訴別人喔。」

我回過頭去望著那對深深鑲在雙頰的酒窩，輕輕地點了點頭。

第四章 真相總有大白的一天

「白亮亮，妳要睡到什麼時候？」

總算盼到了開學以來的第一個假日，起床時間剛好是午餐時間這種美妙的感覺，每天準時六點起床的老媽怎麼有辦法體會呢？

我翻個身將棉被拉到剛好可以包住腦袋的位置，「再睡一下啦，今天是禮拜六欸。」

「所以呢？已經十點多了還不快點給我起床唸書，沒看過這麼懶散的高中生。」

「才剛開學沒有書要唸。」

「那妳就給我起來我整理房間，不穿的衣服快拿出去洗，不要丟得滿地都是髒死了，人家肉圓都比你還要愛乾淨。」肉圓是隔壁鄰居家養的比熊犬。

「妳怎麼可以說自己女兒連狗都不如。」我不滿地坐起身。

「那妳就快點起床整理房間，不然我就把妳趕出去然後收養肉圓當女兒。」

「真的是，一大早就開始碎碎唸。」經過一番天人交戰，我心不甘情不願地走下床，右腳才剛落地就覺得好像踩到什麼東西，「媽，這個怎麼會在這裡？」

那是一個刻有精緻月亮圖騰的方形鐵盒，長寬比A4再小一點，高度約一個手掌，是十年前過世的姊姊留下的，只不過鐵盒上了鎖到今天都還沒有辦法打開，久而久之大家也就忘記它的存在，所以一直放在儲藏室裡。

「妳爸前幾天整理儲藏室的時候拿出來的。」

「啊所以勒，為什麼會在我房間？」

「我突然心血來潮，就跑去妳房間找找看妳姊姊有沒有把鑰匙藏在哪裡，雖然之前找過好幾次都沒找到，但我總覺得圓圓她應該會收在房間，結果最後顧著忙其他事就忘記拿出來了。」廚房的媽媽挑著豆芽菜連頭都沒有抬一下，一副理所當然的樣子。

「十幾年前的鑰匙現在怎麼可能找得到？」

「妳姊才跟妳不一樣，她所有東西都收拾得乾淨整齊。」

我對姊姊的印象很模糊，幾乎只有片段式的記憶，她過世的時候我也不過六、七歲，爸媽平常也很少提起有關姊姊的事，不過倒是有從媽媽口中聽說姊姊很疼我，常帶著我四處跑。

從上幼稚園開始，我一直跟姊姊共用同個房間，本來爸爸說要幫我買一張新書桌，姊姊那張就它保留原樣，不過媽媽覺得容易觸景傷情再加上房間不大，所以姊姊的舊書桌由我接手，其中有一格抽屜，我特別保留起來放她留下來的東西。

儘管在這個房間生活了二十幾年，姊姊卻沒有留下太多痕跡，可能正如媽媽所說，她是個很有條理的孩子，總是把自己的空間收拾得有條不紊。

「在我房間胡搞瞎搞完還不是沒有把東西放回原位，我看我根本就是像到老媽……」

我一邊murmur一邊拉開貼有白圓圓姓名貼的那格抽屜，裡面有一些化妝品、項鍊、玩偶之類的東西，還有一本按鍵式密碼鎖日記。我曾經試圖用暴力打開，但是那個鎖很堅固不管用什麼方式都撬不開，加上爸爸對姊姊留下來的東西很保護，他總是說時機到了就會找到打開的方式，不用著急，因此姊姊留下的這些東西一直維持著最初的樣子。

我小心翼翼把鐵盒放進抽屜裡，其實我也覺得姊姊應該把鑰匙收在某個地方，只是我們一直沒有發現而已。我環顧了下一片狼藉的房間，最後將視線停留在不知道什麼時候從床頭櫃掉到木地板上的雕花相框。

我很寶貝這個相框，幸好是掉在我隨手亂丟的制服外套上才沒有摔壞。相框裡裝著一張姊姊牽著我的手笑得很燦爛的照片，我跟姊姊長得一點也不像，姊姊的外表時常被誤認成是混血兒，褐色的及肩長髮優雅地披在肩上，她遺傳了爸爸的高挺鼻梁，一雙大眼睛深邃迷人，笑起來還會彎成醉人的彎月狀，這張照片是在我剛上小學時拍的，那時候我們全家一起到附近的公園野餐，也是我跟姊姊最後一次出遊。

小時候我常常希望自己長大以後，也能變成像姊姊一樣五官立體的漂亮女生，無奈我長了一張下巴線條極度不明顯的圓臉，雖然同樣遺傳了老爸的雙眼皮所以眼睛不算小，但就是沒有老姊那種深邃迷人的感覺，再加上我的山根有跟沒有一樣，所以整張臉看上去跟立體精緻完全搭不上邊。

嘆了口氣，我準備把相框放回原本位置，相片左下角的地方卻吸引了我的目光，「咦，這邊怎麼會這樣？」之前怎麼一直沒有注意到，紅白格紋的野餐墊連接草坪之處有個微小的隆起。

我心跳加速手忙腳亂的將相框從背後打開，「老姊不會真的這麼老梗吧。」

一支精緻小巧的銀色鑰匙，在木製背板被拉開的那一刻，就這樣戲劇性地掉了出來。

*

「白亮亮！」黃琳穿了一套粉紅色的連帽休閒服站在司令台上向我招手。

我心不在焉地走向司令台，糾結了十幾年終於找到的鑰匙，就在黃琳一通電話後，讓我不得不選擇放下好奇心，以整組組員的團結為優先考量。

說得好聽，其實在我打算拿出老媽叫我打掃房間不方便出門的免死金牌拒絕她時，黃琳馬上搶在我之前表示剛剛聯絡過袁東明，對方已表明同意配合組長安排，逼得我只能暫時捨棄深愛的家族，轉頭奔向黃霸王橫行霸道的卑微世界。

袁東明站在吳書豪身旁，對姍姍來遲的我漾起一抹燦爛的微笑，那天社團招生結束後回到教室他也是這樣對著我笑，就好像什麼事情也沒發生過一樣。

我不知道最後事情是怎麼收尾的，但我一直很想知道他心裡真實的想法，陳敬說他不喜歡蘇靜瑜是真是假也讓我感到好奇，只是這些話在面對袁東明的時候就好像卡在喉嚨裡的骨頭，一個字也說不出口。

「抱歉，我不會是最後一個吧？」避開袁東明的眼神，我小跑步奔向他們。

「洪海娜有說她會晚一點到，所以妳算是最後一個。」吳書豪一邊旋轉著手上的籃球一邊回應我。

「海娜？」今天大家聚在這裡，是要討論期中音樂會表演的項目，所以我以為只有我們幾個同班同學而已。

高二的期中音樂會是我們學校傳統，各班音樂老師會利用一堂課的時間讓同學分組上台演出，最後再由全班票選一組人馬在畢業旅行的營火晚會上表演，因為有關班級榮譽所以大家都格外重視。

黃琳從司令台上跳了下來，「大家之所以會聚在這裡，是因為洪小姐今天早上向我透露，他們班有一半以上的同學，都已經開始準備期中音樂會的演出了，還問我們準備表演什麼，但是我卻無法給出一個準確的回答。白亮亮同學，妳不覺得這讓身為組長的我顏面盡失嗎？」

「嗯哼，顏面盡失所以？」

「所以請海娜帶洪叔叔的吉他過來，順便刺探一下敵情啊，請問妳是笨蛋嗎？」

「帶吉他來誰要彈？」

「袁東明說他會彈吉他。」

袁東明不好意思地撓了撓腦袋，「我之前有學過一些，不要太複雜的話應該都還可以試試看。」

「嗯，總之就是這麼一回事。」

「所以我們現在是要一個人負責一樣樂器嗎？」我倒抽了一口氣，本人我除了國小拍過響板、國中學過直笛以外，其他的樂器一蓋不通。

「怎麼可能，我只會打三角鐵欸。」還好我們這組有吳書豪跟我一樣毫無音樂基礎的小弱弱存在，不然黃琳學過十年鋼琴、袁東明會彈吉他，我跟吳書豪如果一個人吹直笛一個人打三角鐵肯定會被當作炮灰，拖累整組表現、淪為同學笑柄。

「不過亮亮不是鑾會唱歌的嗎？」

「我們剛剛討論了一下，想說袁東明可以彈吉他，我彈電子琴，妳就負責唱歌。」

跟黃琳一組就是會發生這種事，每次都擅自幫我安排工作，我嘛起嘴有點不情願，「我在太多人面前唱歌會緊張啦，妳忘了我上次開頭走音走得很厲害。」

「咦，但是這樣吳書豪要做什麼？」抱怨歸抱怨，我依稀記得剛剛黃琳的工作分配裡似乎遺漏了吳書豪這號人物。

只見吳書豪不太好意思地抓了抓鼻子，一股不祥的預感襲來，「我們可以選對唱的歌來表演啊。」

「我可以棄權嗎？」果然如我預料的，難怪黃琳剛剛沒有直接說出口，而是選擇避重就輕。

「欸，妳很沒禮貌。」

這個分組在高一下學期就決定好了，那時候黃琳很講義氣地，老師一宣布隔天要上交分組名單，就利用座位優勢搶在蘇靜瑜之前，俐落地回頭拿下袁東明。

那時我心情大好，就沒想太多地拉了坐在我前面的吳書豪進組，完全忘記他是難得一見的超級音癡，直到音樂課期末考每個人要上台演唱周杰倫的《菊花台》，吳書豪才唱到副歌第一句，音樂老師便面色凝重地按下暫停鍵，板著臉叫他不准再唱下去為止，我才意識到自己做了一件多自毀前程的事，還連帶影響了黃琳跟袁東明。

「多練習幾次應該就好了啦，你不是說期末考是因為沒時間練習才會唱壞的嗎？」袁東明就是太善良了，吳書豪這麼愛吹牛怎麼能他說什麼就信什麼。

好吧，事已至此也只能將計就計了，我忽然想到一個還不錯的方法，搞不好還有挽救餘地，我抱著最後一絲希望：「吳書豪，你會唱Rap嗎？」唱的不行，用唸的總行了吧。

「不會。」吳書豪眨著眼睛，一臉那是什麼可以吃嗎的表情，「我比較擅長抒情搖滾。」

當然，我們最後並沒有選擇抒情搖滾。

因為吳書豪連最基本的幾個音都唱不穩了，別說抒情搖滾了，連兒歌感覺都會成為一場大災難，就連晚到的海娜搞清楚狀況後，一向善良的小公主也露出了有些尷尬的微笑。

我們幾乎查遍了所有對唱曲目，吳書豪一下Key太高不適合，一下又說太低會唱不下去，最後竟然不自量力地挑了前陣子很紅的男女對唱〈你的行李〉。

「這首我應該可以喔，我的聲線跟謝震廷蠻像的。」當然沒有人相信吳書豪不知哪來的自信，只有袁東明心胸開闊地讓他試唱幾句來聽聽，在大家不抱任何期待的觀望下，吳書豪果然不負眾望。

一開口就……

沒有一個音在調上，我都懷疑自己是不是其實沒聽過〈你的行李〉這首歌。

「娜，你們班現在準備得怎麼樣了？」看得出黃霸王很努力在壓抑憤怒的情緒，最後乾脆轉頭找海娜聊天。

「嗯，就像我早上跟妳說的那樣啊，很多組暑假就開始準備了，大家都蠻重視的，我們這組也已經決定要跳Camila Cabello的〈Havana〉，明天約了排練。」不要看海娜雖然長相甜美，其實也是個潛在的小音癡。

不過雖然不擅長音樂，舞蹈方面倒還有兩把刷子，從國小就開始學芭蕾舞的多年舞蹈經驗，家裡還有一間專用的練舞室，洪叔叔對海娜的栽培，加上海娜自己本來就很有天賦，所以鍛鍊出了驚人的舞蹈實力。

「熱舞社有要表演嗎？」

「應該會，但是還是要先經過校內徵選啊。」

「安啦，每次上台的都馬是熱舞社、手語社跟熱音社。」

因為晚會時間有限，每班一個節目若再加上社團表演，那時間一定不夠用，所以歷年都只有三個社團有機會上台演出。

「這次應該也是各班表演確定之後，才會辦社團選秀吧？」學生會每年都是這樣安排。

「熱舞社應該穩上，如果是這樣的話海娜妳要捨棄哪個？兩邊都準備的話應該應付不來吧？」

「唔，」海娜歪著頭說：「我應該還是以班上的為主吧，班上的沒有再說。」

「說的也是，不過聽說熱舞社社內很競爭。」

「那幾個社團內部都馬很競爭，」吳書豪突然插入黃琳跟海娜的談話，「不知道熱音社這次的主唱會是誰？」

「我覺得會是……」話講到一半我才想到現場除了我見識過陳敬的演唱實力以外，沒有人親眼看過他的表演，依照熱音社的老規矩，勢必會先進行社內篩選，但我相信以陳敬的實力，絕對會驚艷社團所有人拿下主唱的位置。

「妳還有空擔心別人家的主唱會是誰，我說你啊，難道就沒有其他擅長的嗎？」黃琳終於忍無可忍。

「還是吳書豪打木箱鼓，我跟亮亮合唱呢？」袁東明突如其來的主意讓我的心跳不爭氣地漏了一拍。

黃琳露出黃鼠狼般的笑容，「你早說嘛。」然後眨著眼睛望向我：「亮如果是這樣的話，妳OK嗎？」

我當然求之不得啊，跟袁東明合唱是我之前連想都不敢想的事情。

「只要不是吳書豪都行。」我盡量克制自己的表情，不能開心得太過明顯、不能開心得太過明顯、白亮亮絕對不能開心得太過明顯。

「白亮亮你真的很爛。」雖然嘴上這麼說，但吳書豪似乎也很滿意這個結果。

袁東明說木箱鼓從現在開始練習，到表演之前應該都還來得及，而且只要熟悉節奏就蠻好上手的，連吳書豪這樣滿腦子籃球的音樂白痴也能輕易學會。

之後大家又討論了一下演出模式、排練時間，和演出曲目後，吳書豪便因籃球隊要練球先行離開。

吳書豪剛走沒多久，黃琳也覺得今天討論得差不多，便大發慈悲地讓大家原地解散。

「欸，現在才兩點多。」解散後，黃霸王對著我和海娜挑了挑眉。

經過多年相處，我馬上讀懂黃琳眉眼間的暗示，只是早上找到鑰匙的事一直懸在心上，讓我一心只想著馬上飛奔回家。

「抱歉啦各位，我家裡還有事，不能跟妳們續攤了。」

「亮亮要走了嗎？」

「什麼事啊？早上打給妳的時候也是心不在焉的。」

「沒有啦，只是我媽早上很生氣的要我整理房間，結果我連被子都沒摺就跑出來到現在，現在真的得走了，我媽的脾氣你們又不是不知道。」雖然對黃琳跟海娜說謊很過意不去，但是如果我坦言說是找到姊姊藏起來十年的鑰匙，一定又要沒完沒了地解釋一番。

「本來想說妳們可以來我家玩的。」海娜看上去有些失落，「不過既然亮亮有事那就沒辦法，只好下次啦。」

「妳真的不去？」黃琳也覺得有些掃興。

「嗯，抱歉，幫我跟洪叔叔問好，說我下次一定去找他泡茶。」

說謊的罪惡感在我走出校門的瞬間灰飛煙滅，滿腦子都在想今天早上的發現。

雖然盒子裡的可能只是一些小女生上課互傳的紙條、串珠之類的小東西，但畢竟是鎖了將近十年的鐵盒，對我來說就像是潘朵拉的盒子般充滿神祕。

我三步併作兩步，一心只想快點回家。

「亮亮，白亮亮。」經過校門旁的公車站時，一個熟悉的呼喚讓我停下腳步。

「袁東明？」我朝著聲源的方向望去，瞪大眼睛走向坐在候車亭的他，「你在等車嗎？你家不是走路就可以到了？」印象中袁東明家距離學校不到十分鐘的路程。

「我想去買一點社團要用的美術用具，小林上禮拜拜託我，結果我拖到現在還沒買。」袁東明撓了撓腦袋笑容靦腆地說。

我一時間不知道要回些什麼，氣氛突然冷卻。

袁東明兩眼直盯著站牌上顯示的候車時間，表情沒有太大變化。

莫名的失落感襲上心頭，我勉強自己朝他輕輕笑了一下，擺了擺手，「那我先走囉，禮拜一見！」

「那個，亮亮。」走沒幾步，袁東明又一次叫住我。

我回過頭疑惑地看著他。

「如果妳等一下沒事的話，要不要跟我一起去？」

*

這是我第一次與袁東明並肩坐在公車上，記得國中畢業旅行時我千方百計妄想獲得遊覽車上袁東明身旁的空位。

最後好不容易用三個麥當勞漢堡跟小胖「買」到這難能可貴的機會，一上車卻發現原本安排好的座位卻不是袁東明，我急得都要哭出來了。

「你這個騙子。」面對我淚眼汪汪的指控，小胖滿腹委屈嘟著嘴無力地辯駁，「我也沒辦法，袁東明說他會暈車啊。」

沒想到兩年後的今天美夢竟然成真了，而且還是在這種「無心插柳柳橙汁」的情況下，簡直比中樂透還要幸運。

袁東明望著車窗，午後的斜陽輕輕灑在他纖長濃密的睫毛上，我慵懶地坐躺著，像在欣賞一幅美術館裡的名畫——從這個角度看過去剛好可以完整欣賞他白淨的側臉，下顎線條從耳垂俐落的延展至下巴，我瞇起左眼，用食指在空中勾勒袁東明眉骨下方高挺的鼻梁，長得這麼好看的人，為什麼老是露出那種眼神呢？

「快到了。」袁東明突然側過身來，嚇得我迅速收起手指。

「啊……好。」我縷了縷頭髮二話不說站起身，結果公車司機像是算準時機似的，在我起立的那一刻分秒不差來了個超級大迴轉，剛抬腳準備跨下階梯的我瞬間失去平衡。

雙唇因為強烈的撞擊微微發麻，卻依舊感受得到輕覆在唇瓣下方的溫度，袁東明濃密的睫毛扇得我雙頰發癢，耳根發燙，我的手掌大咧咧擺在他的胸膛上，還不小心扯開淺藍色襯衫上的第一顆鈕扣，好個霸王硬上弓的姿勢。

「對……對不起。」

手忙腳亂地從袁東明身上爬起來，看他紅著臉，有些難為情地調整好被我解開的襯衫，像極古裝劇中遭到非禮的柔弱女主角。我一時間抑制不住嘴角的笑意，這個笑多少隱含了一點吃豆腐得逞的喜悅，還有一份潛在的看笑話心態。

下車後許多人都對我們投以似笑非笑的目光，我很清楚這是因為袁東明的關係，但這個單純的傢伙卻渾然不知。

「我的臉上有什麼東西嗎？」走進美術用品店，袁東明困惑地抹了抹臉。

我憋著笑一本正經地搖搖頭，故作正經地挑選素描鉛筆。

「今天帶女朋友來啊？」結帳時櫃檯的泡麵頭阿姨眉眼燦爛地對著袁東明說。

聽到女朋友三個字我的嘴角估計都要堆到眼角了，只有袁東明又羞得滿臉通紅，奮力切割我們的關係。

真是的，幹嘛這麼誇張，我在心裡嘟囔。

「他平常也這麼害羞嗎？」阿姨這次是看著我問的。

我點頭如搗蒜，「認識他四年多沒有見他不害羞的時候。」講得好像我真的是他女朋友一樣。

離開前阿姨強忍著笑朝我比了個加油的手勢，然後又是擠眉又是弄眼的，袁東明看不懂我們在玩什麼把戲，拎著一大袋美術用具自顧自地往外走。

唉，我看我不告訴他他永遠也不會發現，要說這是呆還是萌呢？

「今天謝謝妳陪我來。」最後甚至還天真無邪地跟我道謝，絲毫不知我滿腦子都在打他的算盤。

我挖起一大勺紅豆牛奶冰，絲滑綿密的煉乳沿著湯匙邊緣流淌而下，「你都請我吃冰了還有什麼好謝的，是我賺到。」入口即化的刨冰配上香濃可口的紅豆泥，簡直就是絕配。

「那個，」味蕾獲得救贖，我的心胸也跟著開闊起來，「袁東，你要不要照一下鏡子？」

「鏡子？」袁東明舉著湯匙的手停在半空中，一塊晶瑩剔透的愛玉滑了下來，掉到桌上原地陣亡。

「嗯，你左臉上有我的唇印，剛剛在公車跌倒不小心弄到的，搜哩。」我從小背包裡掏出一面化妝鏡舉到袁東明面前。

「……」不得不說袁東明脾氣是真的很好，但他露出一個有點尷尬的表情，讓我有種做錯事的感覺。

「袁東……對不起啦，你不要生氣喔。」這種時候我都會識相的先道歉，有點像是打預防針的概念，因為我很了解袁東明是那種就算不開心，也不會輕易表現出來的個性，應該是說他所有情緒表現都非常內斂。

袁東明用沾溼的衛生紙抹去臉頰上的粉紅，雙唇緊抿的模樣讓我不禁又想起那天在中庭的火爆場面，一向好脾氣的斯文男孩，竟然也有冒著青筋嘶吼的時候。

就結論而言，袁東明是因為蘇靜瑜才跟學弟吵架，可陳敬又告訴我他不喜歡蘇靜瑜，那真相到底是什麼？

東明心，海底針，真是讓人越想越糊塗。

可惡，當時就應該繼續問下去的。

認識袁東明這麼久，我一次都沒聽說過他喜歡誰，好奇歸好奇免不了還是有點擔心，「袁東，我問你一件事喔，你如果不想回答的話也沒關係。」我小心翼翼地開口。

袁東明放下衛生紙用眼神示意我可以問沒關係，我也拿出了「既然你都說可以，那我就不客氣」的那種氣勢一鼓作氣：「你是不是喜歡男生啊？」

白亮亮這個人，有時候很想搞清楚一些事情的時候，直球攻勢根本不算什麼。

袁東明的耳朵看上去都快冒煙了，他瞪大眼睛一副不可置信的模樣，「妳怎麼會有這種想法？」

不妙，沒有直接否定的回答。

「沒有啊，只是想跟你聊個天。」我故作鎮定，繼續旁敲側擊，「那如果這樣的話，哪種類型的男生會比較吸引你？」

「唉，妳別鬧。我不喜歡男生。」袁東明看上去已然放棄掙扎，兩道濃密的眉毛蹙成波浪狀。

那你現在有喜歡的女生嗎？你真的不喜歡蘇靜瑜嗎？你喜歡我嗎？本想趁勝追擊再接再厲，無奈這樣露骨的問句到了嘴邊，又被我默默吞了回去。

果然比起女戰士，白亮亮還是更適合當個俗辣。

「亮亮妳呢？沒有喜歡的人嗎？」沒想到卻是袁東明主動打開這個話題。

紅豆渣一個不留神俏皮地溜進不該闖入的敏感地帶，害我咳到滿臉通紅，但也適當地掩飾了瞳仁間的不安與心虛。

「喝水，喝水。」袁東明緊張地從書包拿出一個淺綠色透明水壺，推到我面前。

我二話不說拿起水壺猛灌，絲毫不知道自己被佔便宜的袁先生扇著長長的睫毛，眨著憂鬱的大眼睛來回掃視我漲紅的臉龐，看來似乎是在思考：如果同班同學在自己眼前因為紅豆冰噎死該怎麼辦？之類的問題。

我看我是病得不清，這種情況下竟然還能陶醉於這般眼神魅惑，及間接接吻的喜悅之中。

於是，白亮亮又有了新的壯舉。

喉嚨緩和到足以發出甜美的聲音後，「現在時間還早，要不我們去看電影吧？」要不我們去看電影吧？哇靠，袁東明的水壺裡裝的是酒嗎？

「好啊。」好啊？絲毫沒有半點猶豫？袁東明的水壺裡真的是酒吧？

「你要跟我去……看電影嗎？」怕是我自己耳背聽錯，我又再問了一次。

袁東明喝下碗裡最後一口黑糖水，直勾勾地望著我，「好啊，要看什麼？」

「《動物方城市》。」

《動物方城市》是什麼？我不知道。

因為完全沒有想過袁東明會答應我，所以根本沒想好如果他答應了之後我們該看什麼。

「票買好了。」然後票就買好了，哈哈，超有效率的吧！

等待電影開演的時間，袁東明一臉呆萌地吸著雪碧，我卻滿腦子都在思考這場電影的意義，男孩跟女孩單獨看電影是件很曖昧的事嗎？

如果是過去的我一定會毫不猶豫地點頭稱是，可是為什麼當這個情境真正發生時我又不確定了呢？

如果袁東明不喜歡我，那他不可能會答應我的電影約會，但如果袁東明喜歡我，那他現在的狀態也太自在了吧，感覺就只有我一個人在臉紅心跳。

「袁東，我也要喝雪碧。」哼，既然你不緊張，那我就自己製造氣氛。

「要再幫妳買一杯嗎？妳剛剛說吃冰吃飽了我就沒有幫妳買。」

「不用，我喝一口就好。」怎麼可能多要一杯，我當然是要製造間接接吻的機會啊。

袁東明猶豫了一下還是把雪碧晃到我面前，興高采烈的我接下雪碧後低著頭就是一陣猛吸。

大廳的投影幕上播放著最近很紅的鬼片預告，早知道剛剛就說要看鬼片了，雖然我一點也不怕但至少還能裝，而且我聽過一個說法——恐懼是最容易讓彼此生好感的場合。

但偏偏我們看的是動畫片，到底是要我怎麼創造機會？

前面坐著幾個小朋友，手舞足蹈舉著狐狸造型杯嘰嘰喳喳很是興奮的模樣，我已經能夠想像，等一下電影院內會是什麼樣的光景了。

不過，我還是屬於比較容易接受事實的類型，應該要說現在可以跟袁東明並肩坐在這裡，我已經很知足了。

距離電影開演大概還有十五分鐘，我拿出手機準備惡補一下預告，「嗯？我的手機怎麼沒電了。」拿出手機才發現不管我怎麼按電源鍵，就是沒反應。

而且今天早上出門匆匆忙忙的，把新買的行動電源給忘在桌上。

「妳要打電話嗎？」袁東明聽到我的哀號後，從口袋裡撈出金色iphone。

「我想看一下預告，你有網路嗎？」感激地接過袁東明遞過來的手機，磨砂背殼上似乎還殘留著他手心的溫度。

手機背景是NBA籃球明星抱著籃球笑容燦爛的照片，原來像袁東明這樣文靜的男生也有在看籃球啊，像是又發現一個了不得的祕密，我低頭竊喜。每當這種時候，就會覺得自己彷彿又更靠近袁東明一點。

戀愛中的少女總會因為一些無關緊要的小事沒來由地喜悅。

那麼，喜悅延續的時間是否可以解釋為心意相通的期限呢？

只是，情緒跌宕起伏的頻率偶爾使人困惑。

例如，突然跳出的訊息通知。例如，點開網頁後映入眼簾的畫面。

明明上一秒還上揚的嘴角，怎麼下一秒卻因為眼角的酸楚劇烈顫抖著。

突然有點同情一分鐘前滿心歡喜接下手機的自己……

那樣手舞足蹈的模樣，現在看來真是可笑至極。

白亮亮，不可以哭，至少在電影結束前，保持微笑。

袁東明沒有察覺我的異常，或許。是我確實妥善地隱藏了自己的情緒，但那明明是我最不擅長的。

或許，是他本來就對於女孩的心思遲鈍，以至於四年來始終沒有發現死纏爛打賴在他身邊的白亮亮，根本動機不純。

或許，是他根本不在意，也沒有心思分給我更多的關心，袁東明始終小心守著朋友的分界，我比任何人都要清楚這條界線，只是因為喜歡他，所以始終抱有期待，期待著，也許某一天他也會發現，那個以朋友之名守在他身邊的女孩。

電影開演了，我靜靜坐在袁東明左手邊的位置，明明是最靠近心臟的地方，不用刻意揣測也知道，那裡，不會為了我而鼓譟。

聽說要知道一個人喜不喜歡你，你可以透過一些跡象去推敲，例如當你注視著他的雙眼時仔細觀察瞳仁的細微變化，如果瞳孔變大那麼代表他也喜歡你。

在書店看到那本書時，我差點衝動把它買下，直到發現錢包裡的零用錢根本不足買下店裡的任何一本書，於是，我用了一整個下午的時間牢記書上的內容。

當一個人跟你說話時腳尖的方向朝向你，代表他喜歡與你談話，並且想要繼續交談下去。

「和妳在一起很自在，好像什麼都可以說。」

如果我讓你感到自在，那是不是意味著我從來沒有一刻真正走進你心裡。

自在是心動的必要條件嗎？

我放下迄今為止的所有矜持，扭過頭去毫不掩飾地盯著袁東明，銀幕閃爍的螢光染上他的眼睫，纖密的睫毛輕顫，深邃的眼眶淡墨成一彎恬靜的湖泊。

「沒關係，因為我是個糟糕的朋友，我傷害了你。到時候你可以大搖大擺地離開，確信自己始終都是對的。我真的只是一隻蠢兔子。」電影銀幕上，兔子茱蒂淚流滿面看著眼神憂鬱又受傷的狐狸尼克。

「好了，到我這裡來。你們兔子，就是愛哭。」然後，尼克溫柔地給了茱蒂一個大大的擁抱。

這個擁抱意味著什麼？

前排幾個小男孩高高舉起雙手為兩人的和解歡呼。

和解之外，沒有更多了嗎？

袁東明姍姍揚起頭來，心不在焉地瞥了一眼螢幕，彷彿沉睡已久的石中劍，感受到有人要將自己與石頭分離，如此自然地側身，游離的眼神定格在我失落的目光焦點。

他苦笑了一下，按下手機電源鍵，畫面由亮轉黑，他的眼眸濕潤而深邃，像是梵谷筆下的星空，輕啟雙唇用氣音吐了一句淡淡的抱歉，開口時擾動的氣流刮起陣風直逼眼簾，瞬間水氣氤氳，視野朦朧。

橫跨在座位中間的扶手如同一道難以翻越的鴻溝，將並肩而坐的我們硬生生撕開，宛如破碎的油畫布，儘管色澤相近，當拼湊到一起時便會發現，原來相近的終究只是色階罷了。

而故事，總是在美好的地方戛然而止，茱蒂實現了自己的夢想，尼克克服了過往的心錨，兔子與狐狸之間，除了朋友的名義以外不能再擁有更多，儘管最後望著彼此的眼神分明是滿溢的深情。

喧鬧華麗的片尾曲之後呢？沒有之後了。

場燈亮，觀眾就必須散場。

「意外的蠻好看呢。」袁東明臉上掛著溫柔的微笑，牽動的弧度卻像一條鋒利的魚線緊緊揪住我的心臟。

你說謊。

「妳平常跟海娜她們也都看這種類型的電影嗎？」輕描淡寫吐出來的話是一雙拉緊魚線施力的手。

喉嚨像是被堵住一樣，眼眶中滾燙的淚水來回打轉著，還有什麼需要確認的嗎？

袁東明刻意避開的那個名字已經證實一切了不是嗎？

「對啊，我們什麼都看，下次看電影找黃琳一起來吧。」這次勒緊魚線的，是我自己。

袁東明的臉色有那麼一瞬轉為煞白，他避開我的眼神，緊抿雙唇。

對不起，我不能接受你的心意，希望我們還是維持朋友關係就好。

這是電影開始前黃琳傳來的訊息，而偏偏這麼剛好，那個時候袁東明的手機，在我手上。點開網頁，畫面停留在臉書一張黃琳露齒微笑的個人照上，身後是一片淡紫色的繡球花牆，那天下午風光明媚，我舉著手機朝著正在撥弄紫色花瓣的黃琳連按好幾張，原來除了黃琳對我的拍照技術讚不絕口外，袁東明也難以將目光從那張宛如廣告模特兒般的微笑上移開。

袁東明不喜歡我可以有千百萬個理由，只是萬萬沒想到原來他心之所向的女孩，一直是我最好的朋友。

一切都太不真實，我甚至懷疑這只是一場夢。

嘿，袁東明，你知道嗎，我喜歡你，我真的喜歡你好久好久。

起風了，我打了個顫，一片翠綠的橢圓形樹葉，在風中翻轉數圈後虛弱地墜於湖面，碰巧打在我倒映於湖面的笑臉。

白亮亮，妳好虛偽。

湖面上，袁東明笑了，那是什麼樣的笑容，過去的白亮亮可以因為這個好看的微笑開心一整天。

不管我多喜歡你，現在都已經不重要了對吧。

「亮亮，偷偷跟妳說，我的小主人是黃琳欸。」青澀的袁東明露出有點尷尬的微笑。

「哇恭喜你，黃琳可難伺候了，你這個小天使要受苦了。」
「所以我想問妳，女生都喜歡吃什麼啊？」
「很多啊，巧克力、草莓、抹茶這些都是我跟黃琳平常愛吃的，那你喜歡吃什麼？」
白亮亮，妳真是一個世界宇宙無敵大笨蛋。
「巧克力！尤其是巧克力脆笛酥哈哈。那妳覺得我買巧克力千層派，再加一杯抹茶拿鐵黃琳會喜歡嗎？她比較喜歡巧克力還是草莓？喜歡甜一點的還是不要太甜？」
我竟然沒有發現，你的目光從來都不是向我而來。
「亮亮，我們音樂課同一組喔！剛剛老師才剛說要分組，黃琳就找我進組了。」
我自作多情地以為或許是因為我的關係，所以你總是似有若無地出現在周圍。
「喂，黃琳我是袁東明。亮亮剛剛昏倒了，我會在保健室待到妳過來，妳放心不要著急。」
那天在心底留下的滿滿疑惑，頓時豁然開朗，社團招生那天，讓袁東明如此生氣的理由，難道不是因為學生會的攤位湊巧在美術社旁邊嗎？
「袁東明不喜歡蘇靜瑜。」下一句緊接的會是什麼？
原來，是我一直在騙自己。
袁東明不喜歡蘇靖瑜，因為，他喜歡的人，是黃琳。
所以，這就是結局。沒有親耳從你口中得知，也算一種幸運了吧。

*

我逃跑了，平坦的柏油路，兩側是茂密的樹林，汗水順著髮絲流下浸濕眼角，我跑了好遠好遠，直到眼前出現兩條岔路。

右手邊是鋪上碎石的小路，左手邊則是年久失修的木棧道，我停在路口猶豫不決。

「白亮亮，妳擋到我的路了。」

「黃琳！」聞聲我猛地轉過身去。

還來不及跑向前，黃琳竟一把將我推倒在地，「黃琳，妳怎麼了……」我第一次看到黃琳露出這樣的表情。

「明知故問！到底要裝傻到什麼時候，我這輩子最看不起這種人，虧我之前還一直把妳當朋友。」

我不敢置信瞪大眼睛望著黃琳，周圍突然湧入大批人潮，所有人都圍了過來對著我指指點點。

「白亮亮真的很差勁，她就是罪魁禍首。」

「裝得一副善良的樣子根本就是肇事者。」

「妳這個肇事者，不知羞恥，裝傻有用嗎？」

袁東明不知道什麼時候也出現在人群間，用鄙夷的眼光注視著我。我頭痛欲裂，雙手抱胸全身止不住發抖，眼前的景象伴隨暈眩疊影重重，袁東明的臉扭曲變形、黃琳也是，整張臉只剩下一張張被放大的血盆大口以及不住的謾罵。

「不要再說了，你們為什麼要這樣對我！」我哭著大喊，「我到底做錯了什麼？」

「亮亮，亮亮妳聽我說——」又是這個聲音。

我蜷縮著身子掙扎地睜開雙眼，黃琳跟袁東明不知道什麼時候從眼前消失了，取而代之的是一道刺眼的白色光束。

緩緩站起身來循著聲音的方向走去，走進強烈的白色光束裡，無奈周圍實在太過刺眼，刺眼得根本睜不開眼，我用盡全身的力氣奮力嘶吼著：「妳到底是誰，為什麼要一直纏著我？」

「匡啷……」

身後一股強勁的力道，趕在尖銳刺耳的撞擊聲前使勁拉住我的手臂，我一個重心不穩身體向後傾倒，耳膜鼓脹再也接受不到任何聲音，頓時失重的感覺席捲而來，手腳猛一抽搐，我哭著從床上彈起身。

「原來……是夢啊。」抹去臉頰上殘留的淚痕，這才意識到整件衣服早已被汗水浸濕。

按下手機電源，螢幕上顯示晚上十一點半。

今天晚餐吃了什麼？我是從什麼時候睡到現在的？跟袁東明最後又是如何道別的呢？我一點印象也沒有。

癱坐在床上，虛弱地朝門縫望去，客廳的燈是暗的，這個時間老爸老媽應該都睡了。

用力吸了一口氣，我轉身將枕頭扶正，稍微平復情緒後重重往後一靠，拱起雙腿呆坐在床上，儘管房間一片漆黑我卻一點也不想開燈。

清醒之後，左邊胸口泛起莫名的酸楚，好像有種被人掏空一切的感覺。

手機螢幕顯示三通未接來電。

思考著回撥後第一句話應該要說些什麼，壓抑的情緒卻一下全湧上來，我抱緊雙腿將臉埋進兩膝之間，淚水不斷從眼眶湧出。

「白亮亮不要哭了，沒什麼好哭的，只不過是做了個莫名其妙的夢外加失戀而已，沒什麼大不了的，別想了，不要再想了。」我伸出右手輕拍自己的腦袋，每次難過的時候只要這樣一邊拍頭一邊安慰自己，委屈的情緒就能稍稍得到緩解。

我大口深呼吸，顫抖地按下通話鍵，電話很快便接通，耳畔傳來黃琳擔心的聲音。

「亮，妳沒事吧？我打妳手機一直沒人接，打家裡電話阿姨說妳一回家就睡得不省人事，感覺不太舒服的樣子。還好嗎？最近身體怎麼那麼差啊？讓妳不要一直吃冰的都講不聽，晚餐呢？吃了沒？在睡覺嗎？」

我努力忍住不讓吸鼻子的聲音太過明顯，儘管控制不住從眼眶簌簌湧出的淚水。

「黃琳……」袁東明喜歡的人，是妳。

而妳早就知道了。

為什麼沒有告訴我？妳明明知道我這麼、這麼喜歡他，喜歡得像個傻瓜一樣。

「還是不舒服嗎？妳鼻音很重欸。感冒了嗎？有沒有吃藥？」

「亮亮？還好嗎？怎麼……不說話了？」

「對不起。」沉默許久，明明有很多問題想問，吐出來卻是一句語尾帶濕的道歉。

「妳幹嘛啊？幹嘛突然跟我對不起，妳到底怎麼了？我現在去妳家找妳好嗎？餓嗎？要不要幫妳帶一碗廣東粥？我知道有一間開到很晚的小吃店，現在過去買還來得及。」

黃琳，對不起，我還是沒忍住埋怨妳。

就算知道這不是妳能控制的，但我還是忍不住在心裡埋怨妳了。

「黃琳，我想睡了。」我暫時不知道該怎麼面對妳。

電話那頭傳來黃琳心疼的聲音，「好，那我不吵妳了。好好休息，禮拜一見。」

「嗯，禮拜一見。」

「白亮亮，妳真的……沒什麼事齁？」

「沒事啦，真的只是太累了。」我強忍著鼻塞，努力讓自己的聲音聽起來正常一點。

「沒事就好，那妳早點休息。」

「黃琳……」或許妳不知道，但妳對我來說真的很重要。

「嗯，妳說我在聽。」妳會這麼做一定也有妳的原因吧。

「沒事，只是想說……我愛妳。」就算袁東明喜歡的人是妳……

「這麼突然啊死三八，」黃琳語帶笑意，「嗯，我也愛妳，最愛妳。」

「晚安。」

「晚安，臭三八。」

掛上電話後，我坐在一片漆黑的房間裡哭了許久，卻不知道自己為什麼哭，是心痛、歉疚還是鬱悶。

直到再也擠不出半滴眼淚，我抱著膝蓋呆坐在床上。

明明很累，卻感受不到半點睡意，抹了抹被我哭濕的手機，索性點開聊天室，袁東明幾個小時前傳來三則訊息，我沒有勇氣點開；海娜雙手托腮的氣質頭貼旁也顯示著幾條未讀訊息，考慮到這個時間她應該睡了，我繼續往下滑，躊躇許久後我的目光停留在陳敬坐在沙灘上的背影。

點開聊天室，陳敬之前傳給我的貼圖發出討人厭的哈囉聲。

白亮亮：你的頭貼好醜。

不知道開場白要說些什麼，「安安」之類的問候又感覺很彆扭，不適合我們平時的風格。

原以為可能要隔天才會收到回覆，沒想到訊息傳出去不到三秒陳敬就已讀了。

陳敬：應該是因為沒有露臉的關係吧。

白亮亮：你也好醜。

陳敬：妳第一次見到我的時候明明不是這樣說的。

白亮亮：你怎麼還沒有睡？

陳敬：沒有人這樣轉移話題的好嗎？

陳敬：才一點多那麼早睡幹嘛。

陳敬：妳失眠喔？

白亮亮：沒啊～怎麼可能，只是有點無聊。

白亮亮：是不能找你聊天膩，小氣鬼，沒有同學愛。

已讀。

「是打字太慢還是真的已讀啊！臭陳敬，沒禮貌。」我生氣地把手機甩在棉被上，螢幕卻再次亮起，陳敬那張面向大海的沙灘照連同綠色、紅色按鍵一併映入眼簾。

我猶豫了三秒最後還是選擇點下綠色鍵。「……」

「說吧。」陳敬開朗中帶著慵懶的聲音從電話一頭傳出。

怎麼光用聽的不見人都有一種吊兒郎當的感覺啊，真是白白浪費這麼好聽的聲音。

「要說什麼？」

「嗯……很多啊。例如，為什麼大半夜不睡覺？或是，為什麼鼻音這麼重？之類的。」

「我……鼻塞。」差點就忘了陳敬是個觀察力敏銳的危險人物。

「……是說出來會讓妳感覺比較舒服的事嗎？」不知道是我聽錯還是電話另一頭的人畫風突變。

我的眼眶禁不住這樣溫柔的追問又濕了一片，喉嚨也像是被什麼東西堵住一樣。

陳敬一語不發靜靜守著我的沉默，隔著螢幕我似乎還能感受到他平穩的鼻息。

半晌，溫柔沉穩的歌聲從手機一端流淌而出。

「或許找不到傷心的理由，或許你不曾為我難過。還好他不像我，沒有事與願違的時候。還好他才能左右你的笑容，所以我離開以後你還能笑著揮手。那就祝福我，我深愛的朋友……」

我破涕為笑，將手機緊貼耳朵，「這是那天你在樓梯間唱的歌。」

陳敬輕笑了幾聲，「對啊，妳還記得！」

我吸了吸鼻子，「我記得啊！這首歌歌名叫什麼？我好像是第一次聽。」

「好聽嗎？」

「嗯，很好聽！」

「妳是第一個聽眾喔白亮亮！我特別賦予妳幫這首歌命名的重責大任。」
「這是你寫的歌？」
「對啊，小Case。」語氣裡滿是笑意。
「酷欸，我想聽整首！」
「我還沒寫完。」又是這個半吊子的語氣。
「ㄘㄟ，哪有人一直在唱半成品的。」
「聽到妳聲音正常多了，我覺得秀一下半成品也無妨啊。」
「我……我哪有。」可惡，還是被發現了，真是一點也不能大意，「那有其他寫好的歌嗎？」
不能一直讓陳敬有機會把焦點轉移到我的鼻音上。
「嗯……暫時沒有。」光用聽的都可以想像陳敬臉上是什麼欠揍的表情。
「怎麼可能？你這個大騙子。」
「哈哈哈，怎麼樣，聽完我的歌聲後應該可以一覺到天亮了吧。」
「有沒有人告訴過你，你是很容易樹立敵人的類型。」
「那有沒有人告訴過妳，妳是連生氣都很有喜感的類型。」
陳敬這個王八蛋，真的很不會聊天。
沉默了一陣後我突然想到了什麼，「陳敬！陳敬！」
「幹嘛。」
「你期中音樂會有組了嗎？」

「白亮亮，跟你聊天很累欸，話題跳來跳去的。」陳敬埋怨地說，「嗯，我一直等妳找我但妳沒有，所以我上禮拜就答應跟白富美他們一組啦。」

「屁，你最好會乖乖等我找你，如果你想要的話一定會死纏爛打巴著我，我看明明就是你有多到數不完的組隊通知。」

「原來妳也知道我夯。」陳敬笑道，「幹嘛，想挖角我？」

「喔，你們要表演什麼？」相處至今我已練就了直接忽略陳敬胡言亂語的能力。

「白富美說要跳抖肩舞。」

噗哈，我忍不住笑了出來，但是因為哭太久鼻子一邊塞住所以發出很奇怪的聲音。

「妳養豬？」

陳敬這句本該讓人生氣的話，卻又一個不小心踩在我的笑點上，結果我這莫名其妙的笑聲，逗得電話一頭的肇事者忍不住也跟著笑了起來。

「妳笑點很怪欸。」

「不是，你好好的歌不唱幹嘛去跳什麼抖肩舞。」好不容易平復情緒，想到陳敬這張韓系偶像臉竟然要跟白富美他們一起跳滑稽的抖肩舞，我又不禁笑了出聲。

「妳現在就笑個夠吧！到時候讓妳見識一下我驚人的舞蹈實力，哼。」這麼沒有說服力的話，我看也只有陳敬這個死厚臉皮可以臉不紅氣不喘。

「那熱音社呢？你會參加社內初選嗎？」這才是我最關心的，老實說自從那天在釜山見到陳敬的樂團表演後，我就一直很想再看一次陳敬站在舞台上的樣子。

「暫時沒有這個打算。」

「蛤，為什麼啊？」我有點失望。

「沒有啊，只是覺得不想花太多時間在社團上，想……好好念書，哈哈哈。」

看不透，陳敬要不是個怪人，就是一個超不真心交朋友的人，每次問他什麼問題只要不想回答，就會給你一個用膝蓋想都知道不可能的答案。

「你是天蠍座嗎？」

「嗯啊，十一月六號天蠍座B型。」果然是可怕的天蠍男。

「幹嘛？」陳敬語帶笑意，「要幫我慶生？」

「現在才九月底你慢慢等。」

「快了啊，慶一下！那不然妳生日什麼時候？」

「八月六號，獅子座。」

「哇，那妳是超沒有魄力的那種奶油獅欸。」

這種話我不是第一次聽到，但陳敬講起來卻讓人格外不爽。

「去死。」

這次換陳敬在另一頭笑得上氣不接下氣。

「我要睡覺了，你就慢慢笑吧。」我覺得差不多可以結束對話，冷冷地對他說。

「OK，祝妳夢到我。」陳敬維持一貫的厚臉皮。

「不要詛咒我做惡夢好嗎。」正當我準備按下結束通話，陳敬慵懶的聲音又從電話中傳出。

「做惡夢就打給我，晚安。」

我翻了個白眼，快速地按下結束通話，房間又恢復原本的悄然無聲，卻跟一個小時前的氛圍大相逕庭。

或許是陳敬原本就跟我八字不合，又是一個廢話很多的人，所以光顧著跟他鬥嘴，就忘了自己現在正處於失戀的低潮狀態。

「原來心情不好的時候要找死對頭聊天。」真是長知識了，我把枕頭再次放平，調整好棉被往後一靠，本來以為今天晚上會很難熬的，望著天花板，我的腦袋卻只有一個想法——

我肚子好餓。

第五章 危機與轉機

從別人口中得知的祕密叫共享，無意間發現的就叫壓抑。

除了壓抑以外最讓人難受的不是失戀的痛苦，是明明失戀了卻無法告訴至親好友的心酸。

尤其是在面對黃琳時，我總覺得彷彿有一堵難以跨越的牆硬生生架在我們之間，有幾次差點問出口，卻又趕在理智線斷裂的臨界點回過神來。

連續幾個晚上翻來覆去，反覆做著同樣的夢，不知不覺便迎來了期中音樂會的日子。

一早到學校就看到同學們練舞的練舞，練唱的練唱，吳書豪坐在木箱鼓上一副自己是國際巨星的跩樣，見我走進教室，還興奮地舉起手來，「Morning! 亮bro。」

我朝他擺了擺手比了個Rock的手勢後，心不在焉地走到座位上。

只見陳敬趴在桌上睡覺，手肘下壓著那本翻得爛爛的樂譜，看起來很累的樣子。

白富美輕手輕腳地走到他身旁，紅著臉伸出肥肥短短的手指，戳了戳那結實挺拔的肩膀，嗲聲嗲氣地喊道，「阿敬醒醒，我們也來練習一下吧。」

阿敬？

聞聲，我揚起頭來對白富美做了個What the fxxk的口型，白富美掄起圓滾滾的拳頭朝著空氣一陣亂揮，不甘示弱地回給我一句無聲的「乾你屁事」。

陳敬掙扎地坐起身來，幾撮亂髮不安分地翹在前額，看起來很像一隻真人版憤怒鳥，他揉了揉眼睛，露出招牌酒窩，用帶著鼻音的低音說：「妳們不要一大早就為我爭吵好嗎？」

「做夢。」我翻了個白眼。

白富美對陳敬的胡言亂語卻非常願意買單，在一旁花枝亂顫地亂笑，拉起他的手帶他起身。哼，這個來者不拒的傢伙。

被白富美拉著手走到一半的陳敬，像是聽到我在心裡的暗罵似的猛回過頭來，嚇了我一跳。他的目光晃了晃落在我的桌面，輕啟雙唇用氣音溫柔地說道，「抽屜。」轉身前，那張帥氣到讓人不甘心的臉龐又堆起一雙明媚的酒窩。

我用力甩甩腦袋，看來是最近睡眠不足外加氣虛血弱，剛剛那個讓人誤會的眼神是怎麼回事，我不想繼續深入，伸手往抽屜一陣亂摸，拉出幾張破破爛爛數學考卷的同時，連帶滾出一條鵝黃色包裝的喉糖，喉糖上貼著一張紙條：

唱歌前吃這個，保證讓妳變成惠妮休斯頓。

By妳的男神。

陳敬的字條在透過玻璃窗撒入教室的陽光下，帶著一股淡淡的清香，字跡工整娟秀，與字條上的一派胡言一點也不搭。

「無聊。」我剝開一顆喉糖丟進口中，薄荷的芬芳馬上在嘴裡擴散開來，帶出一股濃郁香甜的蜂蜜味，意外的蠻好吃的，記下品牌後，我小心翼翼地把喉糖塞入鉛筆盒中。

「白亮亮妳在發春嗎？為什麼笑成這樣，看起來好恐怖。」吳書豪突然出聲，害我忍不住抖了好大一下。

「你有什麼毛病，想害你的組員被你嚇死嗎？」

吳書豪絲毫不在意我的怒吼，大咧咧地在我前方的位子坐下，手肘撐在我的桌上托著一顆刺蝟頭瞇著眼睛望向我，「妳愛上誰啦？亮bro，難不成是……噢，很痛欸，打頭還打那麼大力，我要跟我阿嬤說。」

知道吳書豪這個人一向狗嘴裡吐不出象牙，沒等他把話講完，我便用力朝他腦門拍了一掌，惹得他頻頻哀嚎，「沒事就滾，別打擾我美好的早晨。」

「要不是等一下就要表演了，我也不想一大早就跟妳面對面好嗎？講得好像我樂意一樣，妳沒看到大家都在做最後彩排了嗎？是組長大大找我來叫妳去練習的。」吳書豪摸著紅了一片的額頭委屈巴巴地說。

「黃琳？」為什麼黃琳不自己來跟我說？

「嗯啊，我們在教室外面的樓梯口，愛來不來。」

拖著沉重的步伐走出教室，明明不到二十公尺的距離，我的腦海中卻跑過千百萬種想法。

直到轉過樓梯口，發現只有袁東明一個人靜靜地坐在階梯上刷著和弦，卻不見黃琳的蹤影，才讓我稍微鬆了口氣。

只是下一秒，濃烈的厭惡感油然而生。

就算今天黃琳跟袁東明真的有什麼話要兩個人單獨討論，那也是他們的自由，我憑什麼打從心裡覺得黃琳不能這麼做？

到底是從什麼時候開始，變得這麼鑽牛角尖？

白亮亮，妳真是個糟糕透頂的朋友。

不得不承認自從意外發現袁東明的祕密之後，比起面對他我更害怕面對黃琳，儘管告訴自己或許黃琳是有什麼說不出口的苦衷或考量，所以才一直沒有告訴我袁東明喜歡自己這件事，但我同時也害怕黃琳或許也有一點喜歡袁東明，只是顧及我的關係才拒絕對方的告白……如果是後者的話，雖然我剛開始會很難過，但比起難過我更希望黃琳可以對我坦白，為什麼在我面前裝得什麼事都沒有發生的樣子，這樣真的讓我很混亂。

「你們站在這裡做什麼？快點練習啊。」黃琳不知道什麼時候，抱著一台平板電腦出現在我身後。

吳書豪諂媚地坐上木箱鼓舉起雙手，「鼓手已就定位，隨時等候組長差遣。」

黃琳兇狠地踏下階梯，瞪了吳書豪一眼，「警告你，等一下搶拍或出錯，我就讓你一輩子打不了籃球。」

我跟在黃琳身後走下階梯，看著她的背影，我的心裡湧上一股說不上來的苦澀。黃琳站到吳書豪身邊，把袁東明右手邊的空位留給我，待我就定位後黃琳看了我一眼，將身後的保溫壺遞給我。

「熱的康福茶，可以潤喉。」我低頭接過保溫壺，黃琳接續說道，「因為現在沒有辦法使用鋼琴，我就先用平板裡面的APP代替，大家先將就一下，準備好我們就開始。」

吳書豪點頭如搗蒜，我偷偷瞟了一眼身旁的袁東明，他面無表情低頭轉動弦上的發條，確認過音準後，纖細修長的手指開始在弦上來回輕刷。

袁東明今天的歌聲似乎比平常更低一些，還帶了點淺淺的鼻音，我張開口在適當的時機吐出歌詞，他順著我的聲音完美融入低沉惆悵的和聲。

我想起第一次練習那天，因為能與袁東明情歌對唱而歡天喜地的自己。

想起國中初見那個背著書包走進教室的翩翩少年，少年臉頰上掛著的靦腆囊括了多少悸動，他自己不知道，我卻默默為他牢記每一個細節。

上課累了托著腮幫子發呆的模樣，午餐時間看到喜歡的食物就笑得像個孩子一樣，什麼事情都往肚子裡吞，讓人永遠搞不清楚他真正在想些什麼的那個男孩，就這樣，我毫無來由地喜歡著。

喜歡了整整四年。

無比燦爛的初戀，開始得突然讓人難以招架，卻從來不曾想過這樣的感情終究會有殞落的一天。

而殞落的理由其實也只需要一個——他不喜歡，僅此而已。

「你的行李，我替你打包好美麗旋律。希望在你寂寞時安撫你，都怪我無能為力，才讓我們變成回憶……」

最困難的合音部分，今天格外順利，袁東明揚起頭來給我一個肯定的微笑，我感覺眼角似乎有什麼東西，在看見他將眼神轉向按著螢幕鍵盤的女孩時悄悄滑落，落在石階上，宛若宣紙上暈染綻開的一點墨。

彩排結束後的幾節課我都心不在焉，教室裡的喧鬧彷彿與我無關，就連陳敬午休時間趁著風紀股長轉身寫黑板之際光明正大投到我桌上的紙條，都無力打開。

「亮亮，妳身體不舒服嗎？」下午第一節課的鐘聲響起，白富美戴著一頂浮誇的爆炸頭假髮擔心地看著我。

「蛤？」回過神來才發現教室燈暗了，空蕩的教室裡只剩零星修補道具或換裝的同學，黃琳站在她的座位旁面朝我的方向，似乎正在等我起身。

「白亮亮，妳身體不舒服嗎？」黃琳聽到我跟白富美的對話，皺著眉頭一臉憂心地望著我。

我用力甩了甩頭，露出一個大大的微笑向她走去，「沒有啊，妳不要聽白富美在那邊亂說，走吧！」

「我哪有亂說，妳臉色超級不好的好嗎？」身後響起白富美不滿的聲音。

「妳是不是在緊張？」前往音樂教室的途中黃琳轉頭問道。

「有一點，又好像還好。」我低著頭不敢直視她的眼睛。

「那，今天放學要不要一起吃晚餐？我有間想去的店。」黃琳點開手機螢幕在我眼前晃了晃，那是一間距離學校不太遠的義式餐廳，最近剛開幕。

我點頭問道：「找海娜一起嗎？」

「海娜說今天晚上有事，就我們倆。」黃琳收起手機，而後，我們前後腳踏入嘈雜的音樂教室。

對談間我隱約感受到黃琳好像有什麼話想對我說，進到教室後她自顧自地走到鋼琴旁練習，我躊躇了一陣，垂頭喪氣地找了一個後排的位置坐下來發呆。

「心情不好會發不出好聽的聲音喔。」坐定位後，頭頂處傳來低沉的男音。

「拜託去練你的抖肩舞，不要煩我。」我頭也不回地擺了擺手。

如果要用一種生物形容陳敬，那我絕對會毫不猶豫地選擇蟑螂，真的毅力非凡，打都打不死，他厚臉皮地拉開椅子在我身後落座，一個寒顫，我不耐煩地轉過身去，「齁，你去跟你的組員……」話說到一半頓住的原因，是因為在我身後坐下的人並不是陳敬。

「傻眼，我是妳的組員啊！不想跟我同組，也不至於這樣趕盡殺絕吧。」吳書豪一臉明顯的受傷，我下意識環顧四周找尋陳敬的身影。

「白亮亮妳在找誰？妳今天很奇怪喔？一整天不知道在幹嘛。」吳書豪比出手刀的姿勢在我眼前揮了幾下。

我不耐煩地撥開他的手，「吳書豪，你坐下來之前有跟我說話嗎？」

「沒有啊，我才剛來妳就叫我滾，我哪敢跟妳說話。」吳書豪搖搖頭無辜地眨了眨眼。

難不成是我幻聽，剛剛明明就是陳敬的聲音沒錯啊。

吳書豪已經懶得再探究我到底怎麼了，乾脆低下頭來練習待會的表演，我游離了一會兒，發現陳敬站在教室最後一排的角落，音樂小老師愛麗絲背著一把幾乎將她整個人遮住的吉他，小鳥依人地站在他身旁，兩個人有說有笑的。

撞見這一幕的同時，不知道為什麼有股說不出的苦澀在左邊胸口蔓延，陳敬察覺我的目光後，向我投以一個無比燦爛的微笑。我對他吐了吐舌頭，而後一個大動作轉身，拖著腮幫子將手肘架在吳書豪桌上。

「God，嚇死人。妳幹嘛突然靠我這麼近，想幹嘛？」吳書豪被我嚇得差點整張椅子往後翻，誇張的表情一副我想非禮他的模樣。

我也不知道自己在幹嘛，陳敬絲毫沒有察覺這裡的異狀，低著頭笑容滿面地繼續跟愛麗絲聊天，我滿臉通紅撇下驚魂未定的吳書豪，轉回面向講台的方向。

我不明白……

陳敬明明沒有繼續煩我了，怎麼卻反而有種心情很差，很低落的感覺呢？

「等一下就照之前分配好的順序輪流上台。」音樂老師穿著一襲飄逸的粉紫色雪紡紗長裙，走台步似的踏入教室。

我們組是第八個表演，大概是中間順序。

第一組的同學們準備了音樂魔術秀，雖然有幾處破綻不過整體來說勉強稱得上精彩，接下來幾組我沒多留意，目光時而飄向與陳敬相談甚歡的愛麗絲，時而飄向專注觀賞演出的袁東明。

時間過得很快，一下就輪到我們上台。

踏上舞台的那一刻，我才意識到自己握著麥克風的手不住發抖，袁東明溫柔地拍了拍我的肩膀讓我不要緊張，只是這一拍反而讓我更加慌亂了。

機會只有這一次，如果我唱不好，是連帶整組幾個禮拜以來的排練都白費了，走音的恐懼在腦海擴散，讓我無法放鬆僵硬的肩膀，身後吳書豪開始拍打木箱鼓，接著袁東明的和弦以及黃琳的琴聲也紛紛加入。

我用力眨了眨眼，試圖讓自己冷靜下來，不要再胡思亂想。

台下的同學目不轉睛地盯著我，坐在第一排的白富美見我用發抖的手握著麥克風，忍不住掩面偷笑。

陳敬不知道什麼時候移動到了第一排的座位，用口形對著我說：「白亮亮沒事的，加油。」

直至上台前，我終於想起陳敬給的紙條還沒打開，基於好奇我緩緩攤開摺成豆腐狀的字條，端正的字跡映入眼簾：

緊張的時候，看我就好。

定了定神我鼓起勇氣望向陳敬的臉，輕輕吐出第一句歌詞，班上同學瞬間躁動起來。

陳敬睜大雙眼，眼裡滿是驚喜，酒窩高掛，朝我豎起大拇指，就連最後不太穩定的和音部分，我都能明顯感受到我的聲音與袁東明的聲音完美交融在一起，這次的演出應該是幾次練習下來表現最好的一次。

「白亮亮妳深藏不露，超扯都不知道妳歌后。」如釋重負地走下舞台，白富美浮誇地朝著我擠眉，還拱起手來小聲在我耳邊說，「發現妳跟袁東明很配喔，默契一百分。」

「別鬧。」我拍了拍她的爆炸頭，「期待妳的抖肩舞啊！」說話的同時，我的眼神不自覺飄向坐在一旁的陳敬，他看著我露出一抹淺淺的微笑，才剛開口準備要說些什麼，就被白富美連拖帶拉地帶上舞台。

不出所料，他們的表演在同學們的爆笑中結束，陳敬也從原本的陽光男神形象多添了諧星一角，連音樂老師都忍不住蹙起眉頭責怪白富美：「哎呀，怎麼能讓帥哥跳這種舞，陳敬是不是進錯組了啊，老師還期待你能跳個韓流舞蹈。」語氣中難掩滿滿的失落。

感到可惜的除了老師外，還有音樂小老師愛麗絲，陳敬走下台後只見她咚咚咚跑到他身邊，嘟起小嘴埋怨他怎麼沒有自彈自唱一曲。

陳敬嬉皮笑臉地不知道對愛麗絲說了些什麼，愛麗絲露出甜美的笑容輕輕往他胸口送出一拳，陳敬假裝喊痛往後倒退一步，噙滿笑意的雙眸恰好接上我的目光，我連忙眼神迴避，手忙腳亂翻開剛剛暫時幫白富美保管的小說轉移注意力。

唉，就當是我最近比較敏感，才會連這種莫名其妙的事都這麼在意。

台上的同學五音不全地唱著周杰倫的歌，一首破破爛爛的〈菊花台〉又被下課鐘聲切割得更加殘破不堪。音樂課是兩堂連在一起的，下課時間，我好不容易強迫自己定下心看完一頁，頭頂上的光源突然黯淡，站在左手邊的人輕輕點了點我的肩膀，剛剛的不滿像是瞬間找到出口，我猛地轉身揚起頭來：「陳敬，你真的很……」

「唔……抱歉，吵到妳了嗎？在看書？」袁東明滿臉歉意，有些難為情地撓了撓腦袋。

除了尷尬以外，似乎還有一點失落，可失落的原因是什麼？我還沒搞明白。

我慌亂把書闔起來，「沒事沒事，沒有吵到我，怎麼了嗎？」

「沒關係，下次再說好了。」袁東明又撓了撓後腦勺，臉上的笑容僵硬得很不自然，「妳今天唱得很好！比我們練習的時候都要更好。」

看著袁東明轉身離去的背影，我才想到，這陣子我一直處於失魂落魄的失戀狀態，都忘了袁東明其實跟我一樣。

我喜歡他，他喜歡黃琳，他不知道我對他的心意，而黃琳拒絕了他的告白，複雜又八股的三角關係就這樣巧妙地橫在我們之間。

這陣子，袁東明心裡應該也很不好受吧，過去的我如果看到這樣的袁東明，一定會想方設法地逗他開心，可是現在，我知道不管我多努力，都無法讓他真正發自內心地綻放笑容。

吳書豪抱著一包草莓乖乖衝進教室，「Yo亮bro，要吃嗎？」然後怪腔怪調的把粉紅色包裝堵到我面前。

「吳書豪，我好羨慕你喔。」我拿起一個乖乖送入口中。

「Why?因為我帥嗎？」吳書豪自以為是地撥弄自己根本沒幾根毛的小平頭。

「那倒不是，只是感覺你每天都很快樂，沒什麼煩惱。」說話的同時我又伸手拿了一個乖乖，酸酸甜甜的滋味正巧命中我的喜好。

「有什麼好煩惱的，有籃球跟零食加上我這張黃金比例的帥臉，根本perfect wonderful好嗎，我阿姨說我長得很陳柏霖喔。」

「你再給我晶晶體試試看！」我掄起拳頭作勢要打他，吳書豪連忙把乖乖推到我面前，「比起打我，我們亮亮還是吃乖乖的樣子比較可愛。」

我奸詐地笑了一下，豪不客氣地抓了一大把。

看著扁掉一半的包裝，吳書豪癟起嘴可憐巴巴地看著我，「那個……我覺得我好像開始產生煩惱了。」

黃琳一整節課的時間都沒有來找我，連座位也跟我離得很遠，最近這幾天我們兩人各懷心事，旁人或許看不出來，但我們都心知肚明，只是誰也沒有主動戳破而已。

黃琳想跟我說什麼呢？看著與隔壁同學交頭接耳的黃琳我又開始胡思亂想。

「好的，最後一組也表演完了，現在就請音樂小老師到台上來主持投票，同學們請在發下去的紙條上，寫下最適合代表班上站上畢業晚會舞台的組別……」

音樂老師在講台上滔滔不絕地講解投票規則，大家都開始埋頭在紙上寫下心儀的組別，我手上的投票紙卻還是空白的，其實今天大家在表演的時候我幾乎沒什麼在看，所以也不太知道應該把票投給誰，索性隨手寫下兩組比較有印象的演出，就將紙條塞進講台前的投票箱。

「開始計票。」愛麗絲站在台前，用甜美的嗓音喊道。

她踮起腳尖吃力的往投票箱撈了又撈，好不容易才撈出一張，陳敬見狀笑著走向講台幫忙，台下同學們紛紛發出看好戲的聲音，愛麗絲紅著臉讓大家安靜，卻像此地無銀三百兩似的引來更大的呼聲。

我也想融入同學們一起拍桌叫好，卻怎樣也提不起勁，坐在喧鬧的教室裡顯得格外醒目，台上的開票持續進行著，我悶悶不樂地將頭轉向窗外，不願再多看講台上互動曖昧的男女一眼。

窗外一隻小麻雀輕巧地從這根樹枝上跳到另一根樹枝，幾片綠黃相間的樹葉被這樣一折騰在空中旋轉幾圈後翩翩墜落，肇事的麻雀渾然不知，還開心地在新的樹枝上踏來踏去。

「真好。」望著自由自在的麻雀，我忍不住感嘆。

「妳也太冷血了吧白亮亮。」吳書豪不滿的聲音在身後響起。

回過神來才發現，全班同學都用不明所以的眼神望著我，講台上的陳敬漾起好看的笑容。

越過他，我才發現黑板上我們這組的得票數遠遠超越其他組別，我不可置信地轉頭看向興奮不已的吳書豪。

「我們要代表班上在畢業晚會表演了，白亮亮！」

本來只是想至少不讓大家認真準備的演出丟臉，沒想到最後竟然高票當選，要代班出征，我皺起鼻子可憐巴巴地看向春風滿面的吳書豪，「我不想在全校面前唱歌！會尿褲子。」

吳書豪跟我不一樣，他喜歡受到大家的關注，對於可以代表班上在畢業晚會表演，他根本早就快樂到忘記自己是誰，還大言不慚地對我說，「安啦亮bro，區區一點小錢，哥幫妳買成人紙尿褲，只要能上台表演什麼都好，我要趕快傳簡訊告訴我阿嬤。」

「恭喜妳啊！」回到教室後陳敬笑容燦爛的對我說，「你看我送妳的喉糖很有用吧。」

「拜託你不要恭喜我，這真的不是我希望的結果，」話說到一半，我突然一陣委屈，「嗚……都是你啦！如果你今天上台表演自彈自唱，而不是跳什麼抖肩舞的話，我也不會落得這種下場。」

「亮亮恭喜妳啊，妳唱歌真的很好聽欸，妳之前太低調了。」愛麗絲挽著白富美的手走到陳敬座位旁停下，明明這番話是對我說的，可愛麗絲的眼睛幾乎沒離開過陳敬。

「真好，我也好想在全校面前跳抖肩舞喔！不過今天輸給亮亮我心服口服啦。」白富美狠狠咬下手中的草莓夾心麵包，瞇起眼睛看向陳敬和愛麗絲，「不過，你們不覺得今天看下來袁東明跟亮亮挺搭的嗎？郎才女貌的部分。」

「對啊，很搭。」陳敬陰陽怪氣地應了一句，無視我遞出的兇惡眼神，從抽屜裡拿出那本翻得破爛的樂譜。

白富美沒有發現陳敬的異常接著八卦，「白亮亮，搞不好你跟袁東明過了一個畢旅，就成班對也說不定喔！」

愛麗絲也在一旁幫腔，「亮亮跟袁東明的和聲真的超有默契，而且聲線也很搭。」

「我先站『明亮CP』。」白富美揚起白白胖胖的手臂興奮地喊道。

在白富美起鬨的同時，我看了一眼身旁的陳敬，他沒有針對這件事給予任何回應，靜靜低頭翻著樂譜，臉頰上的酒窩不知從什麼時候開始消失無蹤。

白富美越說越興奮完全沒有想停止八卦的意思，抓著愛麗絲的手揮來晃去，不斷重複著我跟袁東明的名字。

我實在忍無可忍，抓起桌上那本言情小說朝她丟去，「白富美給我停下來，妳喔！就是這種愛來愛去的小說看太多了。」

沒想到白富美胖歸胖，倒也還算個靈活的胖子，一個閃身，小說掃過她的肩膀砸到蘇靜瑜腳邊，偏偏蘇靜瑜正因為精心準備的舞蹈沒被選上而情緒低落，撿起書本惡狠狠地瞪向我們，「妳們不要太誇張！白亮亮妳是覺得自己被選上很了不起是不是？」

「對不起，我不是故意的。」我覺得很抱歉，走到蘇靜瑜身邊想把書拿回來。

結果走到一半，蘇靜瑜卻突然將書憤怒地甩到我身上，因為用力過猛我一個沒站穩整個人向後仰，撞到桌角後跌坐在地。

「妳太誇張了吧。」

訝異地回過頭，本以為陳敬這句話是在對我說的，沒想到他的視線越過我落在蘇靜瑜身上，第一次看到陳敬露出這種眼神。

蘇靜瑜聞聲困惑地往聲源方向望去，她的眼眶迅速轉紅，臉一癟哭了起來。

或許是陳敬露出有別以往的嚴厲神色，站在一旁的白富美與愛麗絲起初也有些不知所措，好不容易反應過來，急急忙忙跑來我身邊將我扶起，「還好嗎？有沒有哪裡受傷？」

「沒事沒事，我沒有怎麼樣。」我拍了拍褲子上的灰，笑著讓愛麗絲不用擔心。

白富美挺起傲人的胸膛，語帶嘲諷地對著蘇靜瑜說，「小姐，妳是公主病嗎？亮亮已經跟妳道歉了。剛剛書也沒有打到妳，妳丟那麼大力，亮亮受傷了怎麼辦，是在哈囉？」

「白富美，沒關係啦。」眼看氛圍漸趨緊張，我走向前拉著白富美的手讓她不要激動。

結果下一秒，便聽到蘇靜瑜淒厲的哭聲，白富美翻了一個世界級的超級大白眼，同學們陸陸續續從前門進到教室，看到這一幕紛紛露出不解的神情面面相覷，袁東明背著的吉他還來不及放，見蘇靜瑜趴在桌上哭得一把鼻涕一把眼淚，趕忙走到一旁了解狀況，蘇靜瑜抽抽嗒嗒地把剛才發生的事情對著他訴苦一番，只是刻意輕描淡寫了用書砸我的部分。

「現在是怎樣，惡人先告狀？剛剛打人打那麼大力怎麼沒說，裝屁可憐。」白富美兩眼瞪著空氣，意有所指地罵道。

幾個蘇靜瑜的好友也紛紛聚到她座位旁，她們護著蘇靖瑜，尖銳的嗓音令人難以招架，「她都哭成這樣了，妳還說這種話，反正一定是你們不好啦。」

白富美在一旁義憤填膺地補充，手腳並用地演繹蘇靜瑜剛剛拿書砸我的力道有多誇張，只不過那些女生就算是蘇靜瑜把一個人從樓梯口推下去，也會因為她事後哭得稀哩嘩啦的告解，不分青紅皂白地替她撐腰。

「明明妳自己也動手了，為什麼要哭？」陳敬突如其來的一句話，讓原本嘈雜的教室瞬間安靜下來，只剩蘇靜瑜的啜泣聲。

蘇靜瑜聞言，猛地抬起頭來，整張臉哭得通紅，猙獰地張開口對著我們大喊：「對啦！都是我的錯，我就是活該心情不好還要被你們煩，然後還不能生氣就對了。」歇斯底里的模樣引來身旁好友的心疼，她們避開陳敬的目光朝我和白富美投以兇惡的眼神。

「哇賽，超級無言，一群無腦臭三八，沒搞清楚狀況就在那邊耍低能。」白富美看上去真的很生氣。

我偷偷瞥了一眼身後的陳敬，他厲色看著這一團混亂的場景，我走向他拍拍他的肩膀，怕他又說些什麼激怒蘇靜瑜的話，「沒關係啦，沒事沒事。」我輕聲對他說，實在覺得沒必要繼續把事情鬧大。

「妳有沒有受傷？剛剛摔得那麼大力。」陳敬抬起眼來神色認真地注視著我。

「我沒事……輕輕碰了一下而已。」因為覺得有些難為情，我默默移開眼神。

幸好上課鐘聲即時響起，同學們鳥獸散地回到自己的座位，開始上課前袁東明轉頭看了我一眼，因為時間過短還沒來得及分辨那是什麼樣的眼神，英文老師便讓大家翻開課本開始念課文。

我幾乎一整節課都心不在焉，袁東明也是，三不五時就轉過頭去關心蘇靜瑜，讓我看了滿腹委屈，雖然知道是我有錯在先，但我明明已經道過歉了還被蘇靜瑜打，可是為什麼最後卻好像是我打了蘇靜瑜一樣。

陳敬這節課異常安靜，既沒有對我擠眉弄眼也沒有傳小紙條，雙手托腮認真直視著講台上的英文老師，不知道在想些什麼。

*

「今天一整天還真是戲劇化。」與黃琳並肩走出校門時我忍不住說。

黃琳整路若有所思，我話剛說完她才宛若大夢初醒似地猛一抬頭，「妳剛剛說什麼？對不起，我沒聽到。」

見黃琳這樣，我忍不住又焦慮了起來，搖搖頭不再說話。

難得我們之間有這麼安靜的時刻，抵達餐廳門口前，我跟黃琳誰都沒有再開口說話。

菜單上印著五彩繽紛的食物照片，若是過去的我們一定會驚呼連連，猶豫許久都不知道該從何下手，但是今天我連翻看菜單的力氣都沒有，隨意地指了菜單封面的青醬雞肉義大利麵，黃琳也在翻開第一頁時便隨手點了一個從來不曾見她點過的南瓜燉飯。

等待食物上桌的過程，我們依舊保持沉默，不是無話可說的那種沉默，而是彼此都在等待對方主動開口。

「那個……」黃琳的手指不安地在玻璃桌墊上來回敲打。

我抬起頭來真摯地望著她，左邊眼皮不聽使喚地跳了幾下。

只見黃琳嘆了口氣，停頓一陣後抬起頭來注視著我，她的眼神看上去跟我一樣滿是不安。

「妳……最近，怎麼了嗎？」猶豫片刻，黃琳在開口的瞬間還是選擇避開了我的目光。

原以為黃琳是要跟我坦白袁東明跟她表白這件事，沒想到她卻把難題丟回我身上，我感到有些沮喪，不滿的情緒也越發增生。

為什麼妳還是不肯跟我說實話？

我忍不住在心裡吶喊，眼眶裡噙滿淚水，用顫抖的聲音問道，「妳……為什麼這麼問？」

黃琳臉上閃過一絲心虛，但她馬上找回鎮定用非常認真的語氣說：「妳知道妳最近很反常嗎？發生什麼事了？妳告訴我，我們才可以一起解決啊，我們不是朋友嗎？妳知道妳這樣，我會很擔……」

「黃琳！」

眼淚奪眶的那一刻，我再也無法壓抑自己的情緒，肩膀不住地顫抖，「妳是真的不知道才問我？還是妳期待我告訴妳什麼？為什麼妳要裝作什麼都不知道，還用那種表情問我怎麼了？」

黃琳見我這樣，整個人都傻住了。

「白亮亮，我真的不知道妳在說什麼？妳最近到底怎麼了？為什麼要衝著我發脾氣？」沉默了一會，黃琳疲憊的垂下瘦削的肩膀，兩眼無神地望著我。

周圍的吵雜彷彿是遠在千里之外的事，耳畔只剩我急促的呼吸，就連黃琳張了又合，合了又開的雙唇都形同默劇。

「那天……我們一起到學校排練的那天，妳打了無數通電話我都沒接的那天，那天，我看到了，黃琳，我看到袁東明傳訊息說他喜歡妳，妳明明知道的，但是妳什麼都沒對我說，什麼都……沒有說……」

「白亮亮……」這次換黃琳打斷我的話，她整張臉漲得通紅，看上去很生氣，「妳為了一個袁東明……為了他，這陣子就這樣對我愛理不理的嗎？愛情比友情重要是嗎？妳認識我多久了？我以為妳是最能理解我的人，可是妳……我現在都無法確定了，我沒有辦法確定妳到底是怎樣想我的。」

黃琳的話讓我目瞪口呆，除了憤怒，從眼眶裡簌簌湧出的淚水被委屈迅速侵占，送上餐點的服務生被我們之間的氛圍震住了，看了看雙眼通紅的黃琳再看了看淚流滿面的我，躊躇一陣後貼心的拿來一大包衛生紙。

我不明白黃琳在這種時候怎麼還能這麼理直氣壯，羅勒的清香飄散在空氣中，我卻一點胃口也沒有，腦海裡搜尋不到合適的詞彙，更貼切的說，是我對於黃琳的誤解一點都不想解釋，我覺得好委屈。

「每次都要照妳說的，妳才會滿意是嗎？」我朝著黃琳低聲吼道，「妳知不知道，每次只要稍微不合妳意，我跟海娜就必須忍受妳的大小姐脾氣？」

我們之間明明可以說清楚講明白就好，為什麼就是不肯跟我說實話？

「……我真的覺得好累，黃琳，妳知不知道……妳真的真的讓我好累。」

看著黃琳錯愕的表情我知道場面已經完全失控了，但我就是無法控制此刻激動的情緒，儘管這些話脫口而出的瞬間就讓我深感後悔與罪惡，我還是死撐著守護著最後一點自尊，瞪著雙眼怒視著眼前的好友。

「妳知道嗎白亮亮，」兩行熱淚筆直地從黃琳紅腫的眼眶奪出，「我覺得自私的人是妳。」

「我這麼顧慮妳的心情，妳卻把我說得什麼都不是，對妳來說我……我到底算什麼？」

黃琳全身顫抖著，從書包裡抓出一張五百元鈔票拍在桌上，而後毫不猶豫地起身向店外走去。

我愣在原地控制不了不斷湧出的淚水，眼前黃琳離去的背影逐漸模糊，周圍用餐的客人則是紛紛投以關切的目光。

方才送衛生紙來的服務生體貼地取走黃琳放在桌上的五百元，送回找零跟發票時還細聲問了句，「妳沒事吧？」

無奈我已經哭到喪失語言能力，只能向他擺了擺手勉強擠出一個扭曲的笑容，見我這樣他也不再多說什麼，點點頭轉身離開。

我面向窗外，看著路上來來往往的車輛隨著天色轉暗漸漸多了起來。

也不知道過了多久，餐廳裡的客人一桌接著一桌離去，應該早已過了晚餐時間，我嘗試用叉子捲起面前早已冷卻、變得毫無光澤的青醬義大利麵，冰冷的麵條入胃，明明還是秋天我卻感到全身發冷，在書包裡撈了半天才發現我根本沒帶外套出門。

「您好，我們再過半小時就要打烊了，請問餐點需要幫妳打包嗎？」一個綁著高馬尾的服務生走到餐桌旁親切地詢問。

我微微頷首，用感激的眼神望著她，淚眼汪汪地吐了句帶著濃濃鼻音的「謝謝」。

拎著打包好的餐點走出店外，外頭天氣是真的轉涼了，冷冽的秋風不斷拍打在臉上，我禁不住打了個寒顫。

想到方才與黃琳不歡而散的場面，淚水不聽使喚地又一次於眼角氾濫。

認識這麼久，這是我們第一次吵架，雖然平時總是吵吵鬧鬧，可是這次不一樣，黃琳轉身離去的表情我從未見過。

其實我明白黃琳遲遲沒有開口的原因是她害怕，她害怕自己一旦開口就會傷害到我。

可是對我而言，黃琳為了顧全大局的沉默反而讓我產生一種不被信任的感覺，這種情緒積在心裡久了便隨時有可能爆發，就像剛才那樣。

無奈事已至此，誤會已然造成。

而我們在溝通與逃避之間，毫不猶豫地選擇了後者。

高中女生還能有什麼煩惱？當友情與愛情被同時擺到同個天秤上，用盡全力去尋找不失去任何一方的途徑時，還天真地渴望所有事情都能在短時間內悄然無聲地歸回原位，卻完全沒有發現，此刻擺在面前的天秤，其實早已失去了平衡。

第六章　心的距離

拖著沉重的步伐，我在街上沒頭沒腦地走著，不知不覺走到了學校附近的公車站，也顧不了這麼多，恍恍惚惚地搭上一班連目的地是哪裡也不曉得的公車，選了最後一排靠窗的位子坐下。

路上依舊有許多穿著我們學校校服的學生，應該是剛結束晚自習的學長姊，經過學校大門，我忍不住想起過去與黃琳打打鬧鬧、蹦蹦跳跳的模樣，視線再次被淚水模糊。

今天晚上我好幾次以為自己已經哭夠了，哭了又停，停了又哭，眼皮腫脹不已，髮絲也被淚水沾濕狼狽地黏在兩頰。車上乘客雖然不多，我不免還是覺得有些難為情，為了不讓其他人發現，我微微低著頭用頭髮遮擋爬滿淚痕的臉。

旁邊的位子還是空著的時候，就算鼻子塞住我還能用嘴巴大口呼吸，但經過一段時間後，上車的人潮忽然多了許多，我只能忍著不讓氣息太過急促，以防引來旁人不必要的關切。

在我呼吸極度不順，難受得差點喘不過氣時，眼前突然一黑，掙扎間，熟悉的清香伴著氣流緩緩溜進鼻腔，我感覺右手邊的人緩緩側過身來，輕輕將手掌覆在我的頭頂，隔著薄薄的制服外套溫柔地輕拍。

「想哭就哭吧，幹嘛這麼委屈。」沉穩的語調少了平時的嬉皮笑臉，顯得溫柔可靠。

公車搖搖晃晃地行駛著，穿透棉質布料的溫度沒有停止過規律的輕拍，我因為哭過頭不住抽搐的肩膀也逐漸緩和下來。

「……陳敬。」我將手從將我整個人罩住的制服外套下伸出來，輕輕拉了拉隔壁乘客的衣角，「你要下車的時候跟我說。」

「幹嘛，要還我外套啊？都是妳的鼻涕我才不要。」

「反正你要下車的時候跟我說啦。」

「早就過站了，我才要問妳要搭到哪裡去？下一站就是終點站了。」

差點忘記剛剛心煩意亂，糊裡糊塗看到有車來就上車了，連終點站是哪裡都不知道。

我緩緩撥開蓋在身上的淺藍色外套，看到眼前跑馬燈跑過的紅色正體字忍不住大聲驚呼，「哇靠，捷運石牌站？」

太扯了，距離我上車的地方大概過了一個多小時的路程，一陣慌亂過後，我用迅雷不及掩耳的速度按了下車鈴，卻引來陳敬冷冷的嘲諷，「拜託，哪有人終點站在按鈴的，是不是傻？」

「妳要怎麼回去？」下公車後，陳敬慵懶地伸了伸懶腰，語氣又恢復成平時吊兒郎當的樣子。

「我搭捷運就可以了。」還好這班車的終點站是捷運站，不是什麼鳥不生蛋的地方。

雖然很麻煩，但至少轉一次車就可以回家，我調整一下後背包的長度，不知道是不是因為剛剛哭太久的關係，我覺得現在全身筋骨痠痛。

身後黑色加大後背包重重拖在身後，左肩一個側背包，右手拎著便當盒還要抱著陳敬被我哭濕的外套，相比陳敬全身上下就只有一個看起來很空的斜背包，我實在很懷疑我們其實不是從同一間教室走出來的人。

一身輕巧的陳敬邁著一雙大長腿遠遠把我拋在身後。

對我這樣腿短的人而言，要低著頭小跑步才能勉強趕得上他。

「討厭，走那麼快幹嘛。」我忍不住輕聲暗罵，沒想到陳敬卻突然停下腳步轉過身來，一個不注意我就這樣撞進他的胸膛，淡淡的清香再次將我包圍。

唉，這種偶像劇老梗怎麼老是降臨在我跟陳敬身上呢。

我哀怨地抬起頭來望著他，「你幹嘛突然煞車？很痛欸。」因為距離太近加上身高差距，我甚至無法看清他的全臉。

「我、我才要問妳為什麼走那麼慢？」眼前這個總是一副老神在在的男孩，不知道為何呼吸突急促起來，我第一次見到陳敬說話這樣結結巴巴。

基於這難能可貴的求知慾，我試著後退拉開距離想看清他臉上的表情，沒想到眼前男子卻突然伸手，拽住斜跨在我肩上的側背帶，用力往他的方向一拉，結果不但距離沒拉開，我一個踉蹌，又一次摔進他懷裡。

瞪大眼睛，我的視線所及依然是陳敬胸前第二顆鈕扣，甚至比剛才更為貼近。

「反正妳回家也不會讀，背那麼多幹嘛？增加我的麻煩。」

咦？這傢伙什麼時候改走的傲嬌路線。

陳敬輕輕將我推開，我頓時感到左肩的重量減輕許多，一切發生得太過迅速，我還來不及反應，又被陳敬遠遠地甩在身後。

「欸你很雞婆欸，我又沒有讓你幫我背。」小跑步追上他後，我試圖搶回掛在他肩上的書包，無奈身高懸殊還不小心挨了一記肘擊。

「唔……我的鼻子，你這叫身高霸凌。」我一手摸著鼻子，一手抵死不放緊抓著背帶。

「我是看妳背一堆東西，我的外套都拖地了，腿短又走那麼慢，我拿啦。」

咦，什麼狀況？幹嘛突然生氣，真是讓人摸不著頭緒。

「吶，」我伸手遞出外套，「那外套還你，你自己想辦法讓它不要拖地，書包我自己背。」

陳敬停下腳步回頭瞥了一眼我手上的外套，「我不要。」

「什麼？不要！」

「嗯，不要。」陳敬冷冷地看了我一眼，不得不說這樣近看還是會一個不小心覺得他很帥。在我非本意的犯花癡時，陳敬冷不防又丟了一句，「我已經說過了，上面都是妳的鼻涕。」

這個該死的精神分裂男，現在是在展示傲嬌的人格是吧。

「那個明明就是眼淚！」我不滿地喊道。

陳敬沒有理會我不滿的辯駁，自顧自地往前走。

「走快一點，妳這麼拖我們可能會趕不上末班車喔，短腿妹。」雖然沒有回頭，但聽得出來他又開始幸災樂禍。

「去死，給我把你的酒窩收起來！現在、立刻、馬上！」看都不用看就知道陳先生現在一定給我笑得很開心。

「也不看看是誰害的，要不是剛剛在那邊拉拉扯扯我們早就走到了。」我小跑步到他身邊，為了防止他走太快，我牢牢拽著他身後的背帶以免再度落後，陳敬也有意配合我稍稍放慢了速度。

好不容易趕上捷運，傲嬌男挑了個靠走道的位子，讓我坐在窗邊。我按下手機電源鍵，看到顯示時間不禁倒抽一口氣，手刀給老媽傳訊息，表示自己已經在回家路上讓她不用擔心。

老媽不到兩秒就已讀，然後飛速傳來「妳死定了」四個字。

簡潔有力是我媽的一貫作風，發出一個跪地求饒的貼圖後，我嘆了口氣默默把手機塞回口袋。

看著身旁陳敬老神在在雙手抱胸，正準備閉目養神我忍不住問，「這麼晚回家，你家裡的人不會擔心嗎？」

「我家現在沒人，沒事。」眼看陳敬沒有要打開眼皮跟我聊天的意思，我索性往後一靠打算也小瞇一下，結果才剛闔眼沒多久又耐不住好奇的坐直身來，「欸陳敬、陳敬。」

陳敬嘆了口氣緩緩睜開眼睛，「又怎麼了？」

「你怎麼不問我剛剛為什麼哭？」在公車上看到同班同學哭成這樣，照理來說該會感到好奇才對，但陳敬到現在為止卻什麼都沒問。

「妳希望我問嗎？」陳敬挑了挑眉。

「只是覺得正常人應該都會好奇，不是嗎？還是因為你不是正常人。」

「妳想講就會講了，問那麼多幹嘛。」

「喔……平常明明就問題一堆，在那邊裝，都不會關心一下同班同學。」

「反正妳現在看起來很正常，那就好啦。」

一時之間不知道要回什麼話，想到要不是那時候陳敬剛好上車，我現在應該還蹲在路邊哭哭啼啼的吧。

「欸，謝謝你的外套，我後天洗乾淨還你，幫你噴熊寶貝讓你跟我一樣香。」

「熊寶貝的部分先不用，我過敏。」陳敬闔著眼輕輕點頭，看上去好像真的很累的樣子，與白天在學校裡活蹦亂跳的模樣大相逕庭。雖然他平時很欠揍，但今天偶然在我最難過的時候遇到他，還是讓我感到很慶幸。

而且若不是遇到我，他現在應該早就回到家舒舒服服的躺在床上了吧，想到這裡心裡突然燃起一絲愧疚，「對不起喔，害你這麼晚才能回家。」深怕太大聲會嚇到他，我用氣音輕聲在他耳邊說。

陳敬依然雙眼緊閉，臉頰上的酒窩卻隨著嘴角牽動的弧度再次浮現，望著他的臉，也不知道是中邪還是怎樣，我竟無意識伸出食指戳了戳他左邊臉頰上的凹陷，陳敬緩緩睜開眼把頭轉向我，奇怪的是我不但沒有收回手指，還自然地接上他的目光。

他沒有撥開我的手，就只是靜靜地與我對望著，微微輕啟的雙唇似乎想要說些什麼，我的目光卻被那雙深棕色的眼瞳深深吸引，清澈的宛如窯燒後靜置片刻的琉璃，閃爍間映出我狼狽不堪的模樣，怎麼……好像有種似曾相似的感覺？

從陳敬眼裡我試圖找出那份令人困惑的熟悉，偶然間卻發現一個令人難以置信的祕密……

「我肚子餓了。」突然有些尷尬，我感覺整張臉又紅又燙，陳敬也默契地別過頭去。

「妳手上那袋是什麼？」過了幾秒，他指了指我手上的外帶餐盒。

「義大利麵……跟南瓜燉飯，晚餐……剩下的。」我低著頭支支吾吾地答道。

「是喔。」陳敬點點頭不再說話，過了一會兒，他又開口，「那要去吃宵夜嗎？」用一種極為漫不經心的語氣。

我仰起頭來看著他，臉頰上不見高掛的酒窩，眼角滿是疲倦，濃密的睫毛無力地半垂著。

「可是你看起來好像很累的樣子。」我才想起陳敬這麼晚還沒回家，放學又總是急急忙忙的，好像也不見他玩社團，忽然有點好奇這段時間他都去哪了？

「還好啦。反正我肚子也餓了，晚餐比較早吃。」陳敬悠悠地說，「妳家附近有什麼好吃的嗎？」

我家？這是什麼神展開。

「阿姨我要一碗熱的鹹豆漿、一碗熱米漿、燒餅跟饅頭夾蛋。」陳敬站在點餐台前認真地看著牆上的菜單。

我坐在靠近角落的位子好一會兒才回過神來，回神後的第一個想法是：很好，我今天不是被老媽打死，就是被逐出家門。

點完餐的陳敬端著裝滿食物的托盤，小心翼翼地向我走來，看到食物後，他的精神明顯好了很多。

「妳米漿喝得完嗎？要幫妳喝嗎？」看著他狼吞虎嚥吃著饅頭夾蛋的樣子，我還以為他已經餓了一個禮拜都沒吃飯了，默默把米漿推向他，點點頭表示同意。

只見陳敬興高采烈地舀起一大勺濃稠的米漿，一面讚不絕口地誇讚，「這間店很好吃欸，我之前一直以為這種古早味早餐店吃起來都差不多。」

「你在韓國吃不到這種的齁？這可是正港台灣味。」

「在韓國宵夜都吃炸雞或辣炒年糕偶爾煮個泡麵，妳要不要喝喝看我的鹹豆漿？好酷喔，我都不知道鹹豆漿是這種味道。」

忽然覺得陳敬這樣津津有味的樣子很好笑，我舉起湯匙故意把他碗裡僅剩的一塊油條撈起來，「謝啦！」然後當著他的面一口氣吃掉，「嗯，真的很好吃欸，不錯不錯，雖然我已經吃到有點膩了，可是搶著吃一下又變美味了。」

陳敬先是愣了一下，然後舉起自己的湯匙在碗裡來回撈了幾次，最後露出我家隔壁鄰居家的狗才會露出的眼神，可憐巴巴地望了我一眼，見他這樣我忍不住笑了出來，「哈哈哈，誰叫你要裝大方，明明就吃不夠還在那邊。」

「我讓妳喝一口，又沒說妳可以吃我的油條，」陳敬哭喪著臉，委屈地朝著點餐台喊道，「那個……阿姨我要再加點一份油條。」

追加的油條上桌後，陳敬用手在盤子前方畫了條隱形的結界，示意我不准再搶他的食物。

「真的有這麼好吃？」因為是我家附近的早餐店，所以想吃的時候隨時都能吃到，見到陳敬吃得這麼爽讓我莫名有種成就感。

「嗯！我家附近都沒什麼早餐店，合作社吃得好膩。」陳敬的臉看起來很真誠，而且進到店裡嘴巴就沒有停過。

「不然我明天幫你買早餐？」脫口而出的同時我自己都嚇了一跳，陳敬先是愣了愣，隨後兩輪欠揍的酒窩毫不掩飾地掛得老高，趕在我反悔之前，爽快攤開一張一百元紙鈔推到我眼前。

「燒餅油條加蛋、蛋餅一份再加一杯豆漿，熱的，不用找。」

「加起來九十六塊，說得好像我可以多吞很多一樣。」可惡，一言既出駟馬難追，我咬牙收下那張被陳敬保護得很平整的百元大鈔。

「妳人真好。」陳敬嚥下嘴裡的食物諂媚地說。

「快點吃啦，你要回不了家了喔，都幾點了。」

「沒事啦，我剛好今天比較早下班，有時候更晚才能回家。」

「下班？」原來陳敬這麼晚還在外面晃，是因為要打工啊，我瞪著眼睛不敢置信地望著他。

「怎樣，很意外嗎？」

「你爸媽同意你一邊唸書一邊打工喔？」

「也沒有什麼好同意不同意的啦。」陳敬把最後一口饅頭塞進嘴裡，「是說……妳這麼晚回家，妳媽不會生氣？」

怎麼不會？我只差沒把鎖匠一起帶回家而已，要不是老爸冒著生命危險偷偷幫我把鑰匙藏在鞋櫃裡，我那晚怕是要露宿街頭了……

＊

「我昨天真的是拿命跟你吃宵夜。」把粉紅色的早餐提袋放到陳敬桌上時，我如釋重負地說。

「怎麼說？是我的魅力過於致命嗎？」陳敬嬉皮笑臉地從袋子裡拿出豆漿跟吸管，我朝他翻了個大白眼，順勢取走我的米漿跟黑糖饅頭。

「哇，你們兩個什麼情況？」剛把書包放下的白富美見到我跟陳敬分食早餐的情景，露出一臉受傷的表情。

「別誤會，是陳敬託我幫他買的，最好趕快停止運轉妳的小腦袋。」我沒好氣地走回位置上坐好。

「是白亮亮主動要求幫我買的。」幹，這個該死的王八蛋陳敬。

「白亮亮妳這樣就太貪心了喔！袁東明跟陳敬只能二選一！妳要選誰？」白富美插著腰一臉要懲奸除惡的模樣。

「什麼鬼……」

「哼，妳這個花心的女人！」在白富美氣急敗壞的舉著胖嘟嘟地食指揮來畫去時，我的目光被背著粉色書包走進教室的黃琳吸引，然後……

「黃琳，妳看看妳們家白亮亮！」白富美絲毫沒有察覺我們之間不同以往的氛圍，翹起蓮花指奔向黃琳。

黃琳被這突如其來的點名嚇了一跳，猛然抬起頭來，我才發現她細長的單眼皮腫得幾乎睜不開，對上我無處安放的眼神後，錯愕地低下頭來，冰冷地應了一聲：「噢。」

然後，看都沒看白富美一眼，快步走到座位上坐了下來。

白富美這才驚覺不對，小跑步跑回我身邊擠眉弄眼地問道：「亮亮，黃琳怎麼了？好像怪怪的？」

我垂著眼皮搖搖頭，見到黃琳這樣，我的心情好比墜入馬里亞納海溝的潛水艇。

黃琳這麼愛逞強的人，最討厭在別人面前展現脆弱的一面，但她今天卻一副任誰看了都知道昨晚哭過的樣子。

一整個上午我都心神不寧的，數學課堂考試甚至連題目都看不進去，滿腦子都在想著該怎麼和黃琳重修舊好。

午餐時間，我從便當箱裡拿出白富美第三節下課好心幫我蒸的便當，有氣無力地放到陳敬桌上，「你很餓對不對，這個給你吃。」

「什麼理由？」陳敬搓著手掌一臉賺到的表情，眉眼燦爛地看著我。

「看你長得醜，出於憐憫。」我拍拍他的肩膀，嘆了口氣拖著沉重的步伐走出教室。

經過第三排座位時，我用眼角餘光默默瞥了一眼黃琳，她拱著肩披散著頭髮，手中的筷子在便當盒裡挑來挑去，卻絲毫沒有要把飯菜放進嘴裡的意思。

唉，事情到底為什麼會變成這樣……

我心不在焉地走到三班教室門口。

「亮亮？來找海娜？」何雨薇是海娜班上跟她走得最近的朋友，身為荷蘭混血的她每次跟海娜走在一起，都會吸引無數驚嘆的目光。

我淚眼汪汪地點了點頭，勉強朝她擠出一個微笑。

「妳今天怎麼有氣無力的，要吃巧克力嗎？」何雨薇從口袋裡翻出一顆金莎，調皮地碰了碰我的鼻子，「海娜一下課就出去了，現在不在教室喔！」

我感激地接下巧克力，一聽到海娜不在，好不容易好轉一些的心情馬上又盪了下來，「嗚……妳知道她去哪了嗎？」

「她最近午休常常不在教室，妳要不要去福利社或操場看看？我上次好像見到她跟朋友在那裡聊天。」何雨薇說話的同時也剝開一顆巧克力往嘴裡送。

「朋友？」誰啊？海娜還有其他比較親密的朋友嗎？學生會的？還是熱舞社？最近忙著整理心情，好像都沒時間好好關心海娜。

告別何雨薇後，我緩步沿著女兒牆走到走廊盡頭的階梯，從這裡下去是連接學校側門的空地，下去之後經過側門右轉就是操場，現在這個時間既不適合回教室，繼續留在海娜班上瞎等也不是辦法，還不如碰碰運氣，如果沒有找到海娜就當作散個心。

我原本是這樣想的，只是才剛走下樓梯，就看到一道熟悉的身影。「洪……」

正當我準備大聲呼喊海娜的名字時，海娜清亮甜美的聲音在空氣中，完美攔截我只發出一半的喉音。

「你明明可以考上第一志願為什麼不去？」從我這個角度只能看到海娜的背影，另一個人完全卡在視線死角。

「沒有為什麼啊，這裡不好嗎？」

咦？怎麼感覺這個聲音，好像在哪裡聽過。

我躡手躡腳地退回連接平台，蹲坐在可以從欄杆空隙往下看的位置，從這裡勉強可以看到與海娜對話的人的肩膀，制服扣子隨性地從第二個扣子開始扣，露出小麥色肌膚與傲人的鎖骨，我忍不住咽了口口水，海娜到底是在跟誰講話啊？這個腿長目測應該也有一八零的男子又是何方神聖？

從對話的感覺判斷，他們似乎是認識很久的關係，但是因為兩人聲音都不大，從這裡我只能聽到斷斷續續的談話聲。

「學姊？妳在這裡幹嘛？」因為過於專注想要聽清海娜跟神祕人的對話，以至於我沒注意到有人走上樓來，聽聞這聲叫喚我的心臟驟停，面前，男孩臉上掛著狐狸般的狡猾微笑，雙手握住鐵杆，瞇起眼睛來回打量著坐在階梯上的我。

「我……我……我在找東西，你……你……不用理我。」我慌亂地站起身來，妄想用話劇社演技騙過眼前這個看上去早已把我看穿的狡猾狐狸，像極一隻落入陷阱卻仍垂死掙扎的小白兔。

「要我幫妳一起找嗎？」男孩語帶笑意，緩步踏上階梯站在轉折平台上用一種「妳要繼續演是不是？那我就陪妳一起演」的眼神看著我。

眼看再這樣下去也不是辦法，我尷尬地抬起頭來看著他，「呵呵，應該是我記錯了，好像不是掉在這裡。」仰起頭的同時，我注意到男孩制服的扣法，誘人的鎖骨在隨性的領口下若隱若現。

「啊？」我忍不住驚叫出聲，男孩見狀右邊嘴角輕輕牽動了一下。

「這一聲可以有很多種解釋，不知道亮亮學姊是哪一種呢？」

「你怎麼知道我的名字？」

「二年五班白亮亮學姊。學姊跟我認識的人好像是朋友的樣子。」男孩臉上再度揚起那個壞壞的笑容。

這種中二的台詞果然還是要看人說，我悄悄往後退了一步，一心只想找機會開溜，「那個，要午休了，我看我還是快點回教室好了。你……你也快點回去吧。」我可不想一整個中午都跟他在這裡耗，話說海娜怎麼沒有從這裡上來，想遇的人沒遇到，還給我殺出這個程咬金。

「海娜學姊去熱舞社了，所以不會從這邊走喔！她才剛走沒多久而已。」男孩跟我踏上同一格階梯，「抱歉剛剛佔用了妳的時間，因為剛好我也有事要跟她談談。」

我忍不住倒抽了一口氣，原來從一開始他就知道我在這裡了，我還愚蠢地在他面前演了一齣戲，男孩輕蔑地笑了一下擦過我的肩膀走上樓梯。

「吳智凱！」這一聲不知道是出於窘迫還是不甘心。

男孩聞聲停下腳步回過頭來，瞇起深邃的眼眸望著我。

「你……跟海娜認識嗎？那……那天，我是說，那蘇靜瑜呢？」我腦海中想起社團招生那天，吳智凱在中庭搭訕蘇靜瑜的畫面，讓這種男生在我天真善良的死黨周圍打轉，叫我怎能不擔心？

「蘇靜瑜？喔，妳說美術社那個學姊？嗯，她怎麼了嗎？」吳智凱提到蘇靜瑜的名字時一臉滿不在乎的模樣，讓我更加憂慮了。

「那個……如果是我誤會的話先跟你道歉，只是想說，你應該不會是我們海娜喜歡的類型，所以如果你想要玩的話，勸你不要打她的主意，而且海娜她很忙，不但要忙熱舞社，還要……反正她就是很忙，所以……你還是不要太常找她麻煩比較好。」

在我一本正經說完這番話後，只見吳智凱壞壞地勾了勾嘴角，「好的，我會注意。」語畢，便頭也不回地消失在我的視野範圍。

唉，結果瞎忙了一整個中午一事無成，飯也沒吃、海娜也沒找到，還被莫名其妙的學弟纏上取笑了一番。

事已至此，我也只能垂頭喪氣地走回教室，踏進教室時剛好午休鈴響，同學們忙著收拾便當盒準備午休。

「白亮亮快點回位子上坐好，想害我們班秩序被扣分嗎？」風紀股長站在講台上怒視著我。

「是。」我無力地應道，在風紀兇惡的眼神注視下稍微加快腳步走回坐位。

越接近座位區我的心跳便越發急促。

堆滿書本、考卷的桌上似乎還放了一個粉紅色的盒子。

會是黃琳嗎？我暗自在心裡期待著。

三步併作兩步飛快地奔回座位旁，還因為動作太大不小心撞到白富美的桌子，惹來睡眼惺忪的她一記白眼。

我雙手顫抖著拿起桌上的粉色包裝，近看才發現這是便利商店全新推出的圈圈牌草莓巧克力，只是黃色便利貼上的署名卻讓我嚇了一跳，方正工整的字跡寫著：

亮亮對不起，昨天我沒搞清楚狀況錯怪妳了，希望妳不要放在心上。

——袁東明

我歪著頭思考一陣，才想起昨天放學前與蘇靜瑜的爭執，原來當下袁東明那個令人匪夷所思的眼神，是當真誤會我了啊。

想起昨天的場面，還是令我感到荒唐，搖了搖頭無奈地把巧克力塞進抽屜。

將桌面稍微整理乾淨後，我無意識地瞥了眼身旁討人厭的傢伙，陳敬趴在桌上臉朝著我的方向，寬敞的肩膀微微起伏著，看起來已經安然進入夢鄉。

我撐著頭望著他的睡臉，腦海中浮現他挺身為我說話的模樣。

「雖然你真很欠揍，但最近發生為數不多的好事，好像都跟你有關呢！」

當我正為自己一開始總是對他惡言相向感到抱歉時，陳敬卻突然出聲：「所以早上白富美問你的二選一，答案會是我嗎？」甚至連眼皮都懶得睜開。

「喂，你不是在睡覺嗎？」我沒好氣地問。

「才剛睡著就被妳吵醒了，我晚上還要打工，拜託妳要誇我的話小聲點。」雖然趴著遮住半張臉，但我還是清楚看到那張俊俏左臉上深陷的酒窩。

「誰要誇你，把酒窩給我收起來喔！」我冷哼了一聲，把頭轉向另一側，一道亮晃晃的陽光從窗外灑了進來，刺眼的讓人睜不開眼睛。

我半瞇著眼再次望向陳敬，強烈的光線聚焦在那張原本就很耀眼的臉龐，他睫毛輕顫，微微蹙起眉。

望著他緊鎖的眉頭，我的手竟不受控制的揚了起來，陳敬臉上旋即出現我手掌模樣的陰影，費了好一番功夫才終於找到一個合適的位置，可以隔絕所有打在他臉上的陽光。

「這樣應該會比較好睡吧。」

舒展的眉宇間，似乎帶著幾分得逞的笑意，在我遮去所有陽光的那一刻，眼前這個欠揍又厚臉皮的討厭鬼，顫了顫睫毛緩緩將頭轉向另一側。

「王八蛋，欺負我就這麼好玩嗎？」我收起手掌，忍不住在心裡暗罵了一句。

要不是教官剛好從教室外走過，我一定會毫不猶豫的往陳敬後腦勺送出一記憤怒鐵拳。

「亮，聽說妳午休時間有來找我啊？」

好不容易捱過難熬的一天，海娜放學鐘聲響後沒多久，便一臉歉意地站在窗外，「抱歉，我今天事情有點多。」

我露出一臉哀怨的表情望著她，今天一整天我跟黃琳一句話也沒說上，而且一敲鐘，黃琳連看都沒看我一眼，拎起書包便頭也不回地走了，狀況可以說是極度不妙。

「娜，救我。」我奔出教室撲向海娜的懷抱，將頭放進她懷裡猛蹭，惹得她發出迷你豬的笑聲。

「很癢欸！怎麼了？黃琳人呢？怎麼沒看到她？」海娜輕輕撥開我的頭往教室裡張望。

「唉，別找了，她已經走了。」

「走了？這麼早？她今天有什麼事嗎？身體不舒服？她今天也不用補習啊？」

「嗚……救我。」我一個華麗轉身抱緊海娜。

「啊……妳不要這麼失控好不好，」雖然嘴上這麼說，海娜還是溫柔地拍拍我的頭，「怎麼啦？該不會是妳們吵架了吧？」

「嗯，我該如何是好？」

「真的假的？為什麼？」海娜一把推開我，緊緊抓住我的肩膀來回搖晃，一臉不可置信的模樣。

「說來話長。」我語帶哽咽。

海娜體貼地拍了拍我的背示意我先進教室收拾書包。

我失魂落魄地走進教室，不小心與蘇靜瑜一行人撞個正著，蘇靜瑜手中的拉拉熊便當袋滑落，發出清脆的撞擊聲。

「啊對不起！」我低下頭趕緊將便當袋撿起來還給蘇靜瑜。

「白亮亮！我看妳是故意的吧！」郝芮莉雙手叉腰的模樣讓我想起灰姑娘的兩個壞姊姊。

我無力地嘆了口氣，實在不想再重演一次昨天的戲碼，「對不起，我真的不是故意的，靜瑜抱歉。」

「算了啦！我自己也沒注意到，」蘇靜瑜有些彆扭地對我說，態度與昨日潑婦罵街的模樣相去甚遠，「走吧！補習要遲到了。」語畢，她轉頭對著一臉錯愕的郝芮莉說道。

「今天到底是怎樣啊？」收拾書包時，我順手將抽屜裡袁東明給的草莓巧克力掃進書包，百思不得其解蘇靜瑜跟袁東明為什麼雙雙對昨天的事表達歉意，我看向背起書包準備離開的白富美，「白富美，問妳喔！」

白富美一個大動作轉身，厚重的書包還差點甩到我的頂上人頭，「幹嘛？」

「妳昨天放學後跟蘇靜瑜或袁東明說了什麼嗎？」

白富美皺著眉頭一臉困惑地望著我，「怎麼，那個三八剛剛又找妳麻煩嗎？」

「沒有沒有，她沒有找我麻煩啦。」見白富美一副恨不得把蘇靜瑜頭髮拔光的氣勢，我趕忙擺擺手示意她冷靜。

結果反倒惹來白富美的關切，「妳今天氣色很差欸白亮亮，真的沒事？妳最近看上去氣虛血弱，要不要去我家旁邊的中藥鋪，我媽都是在那抓補藥給我補身體的喔！」白富美挺起傲人的胸脯一臉驕傲地對著我說。

「應該只是因為我今天沒吃什麼東西的關係啦，哈哈下次吧。」我苦笑著加快收拾書包的速度。收拾到一半，突然想起中午把便當讓給陳敬後，竟然忘了跟他拿回我的便當盒，下意識摸了摸椅背上掛著的便當袋，沒想到便當盒已經安穩地躺在袋子裡，上面還多了一個圓鼓鼓的東西。

「什麼啊？」我一把將那個不明物體從便當袋裡抽出，見到巧克力螺旋麵包的那一刻，我忍不住笑了出聲——陳敬午餐時間偶爾會吃這個當作飯後甜點，看來是感謝我請他吃午餐的報答。

「妳在吃什麼？」海娜見我邊走邊吃得津津有味的模樣忍不住問道。

「巧克力螺旋麵包，妳要吃嗎？」我把麵包遞到海娜眼前。

「不用，妳吃吧。」海娜搖了搖頭一副不感興趣的模樣，「對了，亮，我等一下要去我爸的醫院，妳要跟我一起去嗎？」

海娜家之所以這麼有錢，是因為她老爸是某間醫院裡的超級外科王牌。

「去找洪叔叔？好啊！」

「對啊，他今天晚上剛好沒有手術，我們可以順便一起吃個飯。」

每次提到洪叔叔海娜總是笑容滿面，聽到這個消息我也笑容滿面，因為每次跟洪叔叔吃飯，一定都是整桌大魚大肉，最近都沒有好好吃東西，碰巧藉這個機會轉換一下心情，順便補補身體好像也不錯。

「好，那我打電話跟我媽說一下。」

「所以妳跟黃琳到底怎麼了？」下了公車後，海娜停下腳步轉頭問我。

「唉，有點小誤會，總之……黃琳好像誤解我的意思了。」一談到這件事，我的心情瞬間又沉重起來。

「具體是什麼不方便說嗎？」海娜一直以來都是個很體貼的人，完全沒有要強迫我把整件事情告訴她的意思。

「情況有點複雜，我現在也不知道該怎麼辦。」我微微低著頭，看著自己的腳尖。

「是嗎？但我覺得還是說清楚比較好。都認識這麼久了，妳們又是最了解彼此個性的人，不是嗎？」

「就是因為太了解黃琳了，也知道她生氣的點是什麼，這樣才更難開口啊，她個性這麼強的人，而且，我這次不想單方面道歉了事，因為我覺得我們彼此都有不對的地方。」

「那這樣不是才好辦嗎？就跟黃琳講清楚，妳覺得她誤解妳的意思了，然後彼此說開，再互相道歉不就好了嗎？黃琳現在一定也跟妳一樣，而且妳也說了她個性比較強，我相信如果妳主動找她談，她一定會願意聽妳說的。」

海娜歪著頭用溫柔的語氣問道，「我可以問是跟哪方面有關係的事嗎？還是這個也不方便說？」

「該怎麼說呢……」其實沒有向海娜說明原委的原因在於，我之所以會知道袁東明喜歡黃琳，是因為那天不小心看到他發給黃琳的訊息，既然不是從當事人口中得知的，若擅自把這件事告訴別人，總覺得好像有點……不妥當。

「娜，總之……我已經下定決心要放棄袁東明了。」

聞言，海娜露出一副不可置信的表情，「怎麼會……這麼突然？」

「反正妳只管相信我吧！我會證明白亮亮絕對是個拿得起放得下的女人。」

「相信歸相信，只是這樣真的沒關係嗎？妳喜歡袁東明不是普通的久欸。」

「妳是怕我晚上一個人躲在棉被裡偷哭嗎？」雖然我這幾天確實是這樣沒錯。

「我只是覺得妳最近好多祕密。」海娜甩了甩一頭深棕色的秀髮，語氣聽起來不像在責怪。

我伸出魔爪一把勾住她纖弱的肩膀，「妳才好多祕密啦。」

海娜不知道聽到什麼關鍵字，臉一紅激動地反駁，「我……我哪有什麼祕密，亂講。」

本來只是想開個玩笑，沒想到會換來這麼激烈的反應，看來午休時間我誤打誤撞見到的那個場面確實有點什麼。

在我思考著該如何開口套話時，不知不覺間，我們已經來到醫院的自動門前，自從國中開始，我跟黃琳三不五時就會到海娜家的豪華別墅串門子，見過洪叔叔好多次，這還是頭一回在醫院碰面。

「海娜！洪海娜！」就算沒看到出聲的人，我也認得出這是洪叔叔的聲音。

洪叔叔是個身長一八零的型男帥大叔，長得有點像木村拓哉，第一次見到他我就立刻明白洪海娜的高顏值是怎麼來的，海娜的高挺鼻梁跟洪叔叔根本是一個模子印出來的。

「咦？亮亮，竟然會在這裡見到妳，好久不見。」洪叔叔笑著小跑步到我們跟前，見到我也在，似乎很驚訝。

在洪叔叔身後一個跟他一樣身形高挑的醫生，也緩緩朝我們的方向走來。

「吳叔叔？」站在我身旁的海娜先是訝異地看著笑容滿面的父親，隨後禮貌地朝著那個看上去有些嚴肅的醫生問好，「吳叔叔您好，好久不見。」

「好久不見，我剛剛才跟妳爸聊到妳，真是越大越漂亮了。」海娜口中的吳叔叔笑起來的樣子不知道為什麼，讓我有種難以言喻的熟悉。

不過此刻我更關注的點是，我現在站在這裡根本超級突兀。

本來以為只有洪叔叔會來，沒想到是這種場合，看著他們愉快地彼此寒暄，我卡在中間渾身不自在，只能尷尬地陪著笑臉，最後乾脆拿起手機裝忙。

「智凱說等一下也會來，我們去上次那家海鮮餐廳吃個飯，慶祝吳叔叔總算是調回總院來了。」

「我調回總院根本不算什麼，當初智凱填志願的時候放著建中不去，說什麼也要填海娜的學校，雖然他老媽一肚子氣，我倒是舉雙手贊成，有海娜幫我治治那個整天闖禍的傢伙我就放心了。」

「哎呀，畢竟他們兩個從五、六歲就玩在一起，中間因為你調到分院分開了一陣子，好不容易終於盼到同校的機會了，當然要好好把握。」

智凱？吳叔叔？從五、六歲就玩在一起？

咦，怎麼覺得這個訊息量有點龐大，我停下為了掩飾尷尬不停來回在手機螢幕上亂點的手指。

「那個……我……」海娜露出有些尷尬的神情看著我，一副不知道該如何是好的模樣。

我連忙朝她搖搖頭，堆起笑容對著洪叔叔說，「洪叔叔再見，我也差不多要回家了，改天再去你們家串門子。」

雖然洪叔叔一度想說服我一起去，但我不管怎麼想都覺得如果我去了場面一定會尷尬爆表，所以還是有禮貌地婉拒了。

海娜哭喪著臉用表情表示她的歉意，我輕輕拍了拍她的肩膀，告訴她真的不用在意後，便瀟灑地轉身退場。

第七章 超載十年的記憶

告別海娜跟洪叔叔，我一個人漫無目的在街上溜達。

剛才打電話給老媽時，她滿心歡喜地表示：既然我不回家吃飯，那她就要跟老爸去巷口麵攤吃大滷麵。所以，就算我現在回家也沒東西吃。

看來出門在外還是必須自立自強。

左右張望了一陣，我發現對街有一間日本料理，剛好傍晚天氣轉涼，來碗熱熱騰騰的豚骨拉麵似乎是個不錯的選擇。

結果走到店門口興高采烈地翻開菜單，才想到今天買完早餐後我的錢包只剩五十六塊，只夠喝一碗味噌湯。

蒼天啊！我該如何靠這珍貴的五十六塊，在這物欲縱橫的世界圖個溫飽呢？

在我身陷苦惱的同時，眼前猛然閃現一道熟悉的綠光。

果然，天無絕人之路。

伴隨親切的叮咚聲，我踏進了距離日本料理店不到一百公尺的小七。

「歡迎光臨。」

留著短寸頭的帥氣店員對我露出燦爛微笑，座位區幾個穿著我們學校校服的女生，不斷將目光投向櫃檯，嘰嘰喳喳地發花癡。

我走到她們正前方的麵包區，開始認真思忖應該要吃藍莓貝果配草莓牛奶，還是肉鬆麵包配關東煮諸如此類的人生大事。

「臻臻，妳說妳喜歡的是櫃檯那個男生嗎？」綁著高馬尾的女生興奮地問著微微側對著我、身形圓潤豐滿的少女。

「噓，小聲一點。太大聲了啦。」叫臻臻的女生顯得有些難為情。其實剛剛就覺得好像在哪裡見過她，基於好奇心偷偷瞄了一眼她們桌上滿滿的食物空盒，我才想起她是去年大胃王社的草創成員，二年十五班的現任大胃王社社長杜臻臻。

「可是我覺得另外一個店員比較帥欸，櫃檯那個男生，好像有點……渣男臉。」一個戴著細框眼鏡，看起來很會唸書的女孩一本正經地說。

她們的對話成功引起我的興趣，我假裝還在選擇障礙不知道該吃什麼的同時，一面努力張開我的順風耳竊聽情報。

「我比較喜歡那種看起來有點壞壞的男生。」

「另一個店員在哪裡啊？為什麼妳眼力這麼好，我只看到櫃檯的而已。」

「他剛剛好像走進員工休息室了，他也是我們學校的學生啊，跟我們同屆你們不知道嗎？長得有點像韓劇演員金旻奎，不對，比金旻奎還要帥。」

「我們學校？帥哥？金旻奎？我怎麼可能不知道，叫什麼名字？」綁馬尾的女生說出了我的心聲。

「他出來了，出來了！天啊，好羨慕五班的人喔。」

隨著女孩們炙烈的目光，我感受到她們口中那位很帥的本校帥哥，似乎走向了收銀台，於是微微探出頭想一睹尊容。

怎料，她們口中那位很帥的帥哥就這麼碰巧跟我認識的人長得很像，而且他似乎也碰巧看到了鬼鬼祟祟的我，又這麼碰巧地叫出了我的名字。

「白亮亮！妳怎麼會在這裡？」

呵呵。我怎麼就沒想到，有可能會是他呢！

那個每天在我身邊胡搞瞎搞，吵死人不償命的討厭鬼陳敬。

「妳晚餐就吃這個？」陳敬拉開椅子在我對面坐了下來，斜眼看了一眼我手上的肉鬆麵包跟桌上的草莓奶茶。

坐在這個位置，我清楚地看到隔壁桌的三個女生，向我投以羨慕嫉妒恨的目光。

陳敬因為背對著她們，所以並不知道自己正在被一群黃鼠狼覬覦著。

「我本來要去吃拉麵的，只是錢不夠。」我吸了一口草莓奶茶虛弱地說。

「妳有沒有看到我放在妳便當袋的巧克力麵包？」聽到這裡，綁著高馬尾的女生瞪大眼睛，來回望著坐在身旁的兩個好友。

我嚥了口口水，擔心自己可能會在隔天上學的路上被暗殺，因此輕咳了幾聲刻意放低音量，

「有啊，放學的時候吃掉了。」

「那妳晚餐還吃麵包？」

「你自己平常不是也很愛吃麵包嗎？你前天中午一個人吃了五個巧克力螺旋麵包，還敢說我。」

「哎呦，原來妳這麼關注我。」

「陳敬，不要再跟妹子聊天了，快來幫忙，櫃檯這裡塞車了。幫我做大杯熱美式兩杯。」櫃檯的店員大聲召喚，惹得排隊的叔叔阿姨頻頻往我們這裡張望。

「我先去忙，妳吃慢點啊，不要太想我。」陳敬起身前往櫃檯，還不忘轉頭嬉皮笑臉地對我說。

「去死，不要害我吃不下。」要不是感受到隔壁桌寒氣逼人的目光，我一定會衝上去補他一腳。

沒想到陳敬每天放學急急忙忙的，就是為了要來這裡打工，學校附近明明也有好幾間超商，為什麼偏偏要選在這裡呢？

看著陳敬在咖啡機前忙碌的身影，真是讓人摸不著頭緒，超商排班這麼滿，難怪常常看他一大早就在教室睡覺，也沒時間去熱音社練團。

回到台灣，陳敬真的過得好嗎？

我老覺得相較於在釜山初見他的時候，似乎總少了點什麼。

「吶，這個給妳。」陳敬再次出現的時候，手裡抱著一堆東西在我對面的位置坐下。

「……那個，你這樣是搶劫吧？」看著滿桌的御飯糰、三明治，我忍不住瞪大眼睛環顧四周，生怕有人把我當作共犯。

「沒事，這些都是即期品，今天不吃完也要丟掉，雖然距離丟掉時間還有幾個小時，但是威力說可以就是可以。」陳敬拆開一個鮪魚口味的御飯糰大口吃了起來。

「威力？」

「櫃檯那個啊！他是店長。」

「真的可以吃嗎？」看陳敬吃得這麼開心，我猶豫了一下，拿起之前一直很想吃看看的龍蝦沙拉三明治。

「吃吧。妳剛剛只吃那樣一定很快就餓了。」

「是說，你竟然在這裡打工，因為離你家近嗎？」聽完陳敬的話後我也跟著安心地吃了起來。

「不是啊，一點都不近，我下班後還要搭公車回家，所以昨天不是還在公車上遇到妳嗎？」

「是喔。」因為聽上去很有道理，所以我也不知道該怎麼問下去了，「難怪你說沒時間玩社團。」

「對啊。不過下星期熱音社要舉辦畢業晚會的社內初選，我可能會參加喔。」陳敬三兩下就吃完三個御飯糰，托著腮幫子看著我。

「真假，可是你放學後要打工根本沒時間練團不是嗎？」

「是沒錯，但妳不是一直說，以我的實力不參加初選就太可惜了嗎？」陳敬說得一副理所當然的樣子。

「是這樣沒錯。嘖嘖，難怪你班上的表演擺爛。」不知道為什麼我心裡莫名覺得有點高興，以陳敬的實力要拿下代表社團演出的機會絕對沒有問題。

「我才沒有擺爛，我抖肩抖得很認真好嗎。欸，不過我那天真的被妳嚇到，妳的聲音很有特色。」陳敬說著說著又拿起一個御飯糰。

「如果你也唱歌的話，我一定被比下去，我不過是KTV水準。」

「我擔心妳又會用那天在海雲台的炙烈眼光看我，這樣我會很困擾。」

我翻了個白眼沒有反駁他，「既然你這麼喜歡樂團，為什麼還要把放學時間都用來打工啊？是要買什麼很貴的東西嗎？電貝斯之類的。」

「我要付學費啊，還有生活費。」就好像在談論別人家的事一樣，從陳敬口中吐出的這些話裡，找不到任何情緒。

「喔……」一時之間又不知道該回些什麼才好，這陣子的相處下來我隱約知道陳敬家裡好像有點狀況，但具體是什麼又不敢多問。

「幹嘛想問又不好意思問？妳每次都這樣，然後就擺出一個很尷尬的表情，妳這樣我也會很尷尬欸。」陳敬笑著吞下最後一口飯糰，「白亮亮，我們是朋友嗎？」

面對這突如其來的提問，陳敬臉上綻放的笑容像是電擊一般，忽然勾起我腦海中某個畫面，只是那個畫面一閃即逝，極其模糊，不知道為什麼看著他的笑臉，我突然想起相框後面的那把鑰匙，這陣子一直被我擱置在木製書桌的第一格抽屜。

我按了按隱隱抽痛的太陽穴，苦笑著回答，「你說是就是囉。」

陳敬笑了笑，滿意地點了點頭，「妳還真是始終如一。」

趨近下班時間，超商的人流開始多了起來，陳敬匆匆收拾好桌面後衝著我笑了笑，「我先回去忙啦！明天見，白亮亮。」

明天見，白亮亮。

腦海中再次閃過一個詭異的畫面，背景是一片綠油油的草地，可是畫面非常模糊，只能看出大概的輪廓，閃現的模糊畫面裡，還夾雜了一個煞白的空間，盡頭處有一整排串連在一塊兒的座位區，我孤零零的一個人呆坐於走廊盡頭，不知怎麼地心底泛起一絲莫名的恐懼，噁心的感覺在胃裡翻攪，好像下一秒就會將剛剛吃下肚的東西全部吐出來。

今天到底是怎麼了？難道是我最近太累了嗎？

龍蝦沙拉三明治具體是什麼味道我實在是說不出來，因為直到嚥下最後一口為止，我始終處於精神恍惚的狀態。

在我發呆的時候，隔壁桌的三個女生扭扭捏捏地走到櫃檯，要了陳敬和店長的聯絡方式，看著陳敬笑容燦爛地一一婉拒，我的左邊胸口似乎有些什麼正在發酵。

*

今天還真是漫長的一天，回到家後，客廳的燈是暗的，爸媽顯然還沒回家，我將便當袋順手甩在沙發旁的板凳上。

準備走進房間時，我赫然發現爸爸平時保護得很好的藍色簡報小手冊，正孤零零地躺在餐桌上。

「出門前忘記收好了嗎？」雖然知道爸爸有剪報的習慣，偶爾會看見他小心翼翼在手冊上剪剪貼貼，我卻沒有一次認真看過手冊內容，一來是因為爸爸幾乎不會在我面前拿出這本手冊，二來是有幾回，我不小心撞見爸爸在黏貼剪報時，總會在發現我的那一刻，下意識地蓋上手冊，好像有什麼不能讓我看到的祕密。

基於好奇，我並沒有猶豫太久，緩步走向前去。

翻開的那一頁是今年七月的新聞：

「十年前因販毒入獄、外號八哥的曹山幫幹部，出獄當天疑似遇同黨報復遭撞昏迷。」

「老爸幹嘛沒事剪這種新聞啊？」

我蹙起眉頭，不解地繼續往前翻，剪貼的內容幾乎都是社會版新聞，偶爾有些發人深省的小故事，只是越往前翻我的心臟就跳得越快。

剪報冊裡的報紙從十年前開始收錄，第一張剪報的標題讓我忍不住全身發抖，耐著劇烈頭痛一字一句的讀著：

「環東路口死亡車禍，陳姓駕駛送醫後暫無大礙，副駕駛座的白姓女大生送醫後搶救不治。」

有關這場車禍的具體原因仍有待確認，目前警方懷疑為幫派惡意尋仇報復，至於報復的具體原因，猜測可能與販毒集團有關，曹山幫一直以來都是毒蟲大本營，不排除陳姓駕駛參與其中的可能性，詳細情況還有待深入調查……

頓時，一陣天旋地轉，我再也讀不進任何一個字，耳膜鼓脹嗡嗡作響，心跳異常加速著……我痛苦地揪緊頭髮，爸爸的筆記本從我手上重重摔落，夾雜其中的文件伴隨劇烈的撞擊散落一地，我痛苦地趴在地上掙扎，儘管如此，我依然覺得腦袋脹得就快炸裂一般，漸漸感到喘不上氣，明明張大嘴巴大口吸吐，氧氣卻怎麼樣也無法進入身體。

唯一的姊姊在十年前過世，媽媽告訴我姊姊生了一場重病，最後，醫生束手無策。

因此一直以來，在我的印象裡姊姊是因病過世的。

可是為什麼？

為什麼我從來沒有想過，姊姊生病的那段期間，我怎麼可能一點印象也沒有？

攤在眼前這張泛黃破爛的新聞紙，就像是一把鋒利的刀子硬生生刺穿我的腦袋，殘忍地勾出一連串支離破碎的影像……胸口彷彿被人撕走了一塊。

恍惚間，我聽見爸媽不斷呼喊我的名字，燈光忽明忽暗，在那之後，我好似做了一場很長的夢，那場夢不再像過去那樣只有模糊閃現的片段。

夢裡有我、有姊姊……

姊姊的臉很模糊，可是我能清楚辨識她的聲音。

「姊姊？」我輕聲喚道。

「亮亮睡醒啦！」駕駛座的男人沒有回頭，嗓音裡卻是滿溢的溫柔。

「哎呀，我們亮亮終於醒啦，還以為妳要睡整車呢。」聞聲，姊姊側身，朝著我露出寵溺的笑。

想哭。

原來在我的潛意識裡，一直很想念……想念那張總是溫柔的笑臉。

「姊姊，我們回家好不好，妳跟我……跟我回家好不好？」我哭著，對著那張朦朧的側臉說道。

可她卻像聽不見我的聲音一樣，對著我說：「再等一下就到了，亮亮也很期待今天的野餐，對吧？」

「不行……我們不可以去！現在……還來得及……姊姊。」我焦急地試圖握著姊姊的手，卻發現，不管我怎麼努力，姊姊就是感受不到我的叫喚。

「圓圓，後面那兩輛車好像在跟蹤我們。」男人的聲音驟起，我心頭一緊，眼角餘光瞥見後視鏡投射出的兩輛黑色轎車。

「要不要靠邊停一下，下車去看看？」姊姊柔聲問道。

「我有點擔心，趁現在紅燈，妳先帶孩子們下車到別的地方，我再去處理。」

聽了男人的話，姊姊溫柔地轉頭望著我，「**亮亮，妳聽我說**，想不想吃冰淇淋？」

「不……不可以，我不能下車，我要跟妳待在一起……不可以。」我痛苦地掐緊拳頭，身體卻不受控地緩緩往車門的方向移動，「白亮亮，停下來，妳承受不了的，拜託，快點……停下來！」

一隻小小的手輕輕握住我，身高跟我差不多的小男孩牽著我下了車，我看不清他的五官，只知道他緊緊牽著我，帶我走到冰淇淋攤位前，「亮亮，要吃什麼口味？」

我沒有回話，止不住的眼淚不斷從眼眶落下。

「老闆我要一個草莓口味，一個巧克力口味。」

男孩笑著用稚氣嗓音點餐的同時，於我身後，傳來一聲爆裂式的巨響。

極其刺耳的，不管怎麼樣都無法遺忘的——聲響。

在距離我們不到一百公尺的地方，銀白色轎車被兩輛黑色轎車包夾撞得稀爛。

姊姊沒有下車，她沒有下車。

十年前沒有，這一次，也沒有。

我什麼也改變不了。

街邊的行人開始驚聲尖叫起來，「車子裡面有人！車子裡面有人！」幾個大人從我眼前疾行而過，奔向事故現場。

我哭吼著想和他們一樣穿越馬路，卻差點被從巷子裡鑽出的機車撞個正著，男孩從後方緊緊拉住我的手，將我拉回安全的地方，反作用力將我們倆一同反彈到機車停車格，倒下時男孩始終護著我，左邊手臂被從倒下的摩托車上剝落的後照鏡劃出一道長長的傷。

我坐在人行道上放聲大哭，男孩強忍著痛，舉起沒有受傷的那隻手輕輕覆在我的頭頂：「乖，不哭不哭，眼淚是珍珠，不哭不哭，眼淚是珍珠……」

原來……車禍發生那一天，我也在場。

原來，我親眼目睹了姊姊出事的那一刻。

「可能是打擊太大，那陣子的記憶她選擇性遺忘了，雖然知道您們剛失去一個女兒很難過，但為了小女兒著想，請先暫時不要在她面前提起車禍這件事，她現在的身體以及精神狀況都不能再受到任何一點刺激。」穿著白袍的醫生站在走廊上低聲對著媽媽說。

「亮亮不哭，姊姊是因為生病了，所以到天上當天使了，姊姊不痛了，所以亮亮也……不要……難過了，好不好？」看著媽媽淚流滿面的臉，我懂事地點點頭。

我一直有個模糊的印象，是我一個人靜靜坐在醫院長廊上發呆的畫面，而到今天我才明白，原來當時讓我感到孤單害怕的白色長廊，還有那些我拼命想搞清楚是怎麼一回事的真相，竟是當年年幼的我用盡所有力氣想要掩埋的傷痛……

「白亮亮！妳醒了嗎？」睜開眼睛，我第一眼看到的人是黃琳，她站在我身旁紅著雙眼，「海娜剛剛打電話給我，說妳在家昏倒了，我真的很擔心妳。」黃琳哽咽地緊緊握住我的手。

「黃琳……」我全身顫抖，冷汗直冒，在黃琳的懷裡哭了起來，「我姊……她……」我爸媽聞聲衝進病房，看到我醒了似乎鬆了一口氣。

待我稍微冷靜一點後，媽媽走到我身邊柔聲問道：「身體還有哪裡不舒服嗎？肚子餓不餓？要不要叫醫生進來幫妳看一下？海娜說妳醒來的時候讓我們聯絡她，要叫她過來嗎？」

我搖了搖頭，轉身看向始終站在一旁沉默不語的父親，「爸爸，可以跟你聊聊嗎？」

聽聞我的呼喚，爸爸有些錯愕地抬起頭，頓了頓後輕輕搖了搖頭，「改天吧寶貝，妳現在太虛弱了，今天先好好休息，明天幫妳跟學校請假，其餘的，改天再說吧。」

「爸！拜託！那天到底發生了什麼事，姊姊怎麼會跟那些人扯上關係……拜託你，告訴我。」

我激動地喘不過氣，黃琳緊緊握住我的手，輕聲安撫道：「亮，妳現在太虛弱了，先休息吧。有什麼事改天再談好嗎？」

站在一旁的媽媽也急忙走向爸爸，「老公，我們回家拿點換洗的衣服過來，先讓女兒冷靜一下。」後面那一句她說得很小聲，但我還是聽得一清二楚。

爸媽離開後，只剩黃琳在病房裡陪著我，我靜靜地坐在床上發呆。

「要不要吃點水果？」黃琳從小冰箱裡拿出一盒切好的蘋果，我對著她搖了搖頭，她苦笑著又把蘋果放回冰箱。

「對不起，我那天……」沉默了許久後黃琳突然開口。

我哽咽著打斷她：「我這幾天……真的好怕妳再也不理我了。」

「我很害怕告訴妳之後，我們之間會有疙瘩，所以一直不知道該怎麼開口……」

「沒關係啦，真的已經沒事了。我已經下定決心不再喜歡袁東明了，而且我絕對不是因為袁東明喜歡妳才對妳生氣，我只是希望妳可以信任我，跟我坦白而已，所以我還是要再次強調，」我激動地望向黃琳，「男人什麼的是絕對沒有辦法破壞我們之間的感情的。」

聽了我的話，黃琳噗哧一聲笑了出來，然後緊緊抱住我，「說得好，男人什麼的能吃嗎？再說袁東明也真的不是我的菜。」

「什麼？妳知不知道妳這樣說很奢侈，袁東明欸！又帥、又高、又聰明還有才華。」我靠在黃琳懷裡伸出手指一一細數袁東明的優點。

「可是我不喜歡木訥又扭捏的男生。反正這陣子，我一直在思考該怎麼告訴妳這件事，完全沒想到妳已經知道了還跑來試探我，我真的超害怕妳知道這件事情後，我們之間會變得奇怪，所以才不敢告訴妳，對不起啦。」

「嗯嗯，我明白、我都明白。」我眨著眼睛真摯地點點頭，「那個黃琳，我覺得煽情的成分夠多了，妳現在能不能站在現實面替我考慮一下。」

黃琳鬆開抱著我的手，用一個極度不信任的眼神斜睨著我：「看在妳掛病號的份上，我勉強聽聽。」

「我肚子餓了。」

「嗯哼，所以？」

「我想吃蛋糕……要校園咖啡的巧克力熔岩，上面有放很多草莓的那款！」

「好喔，我聽完了。既然時間已經不早了，那我就先回家囉，明天的小考我都還沒準備。」

語畢。黃琳對著我燦爛地笑了一下，無視我淒厲的叫喚，毫不猶豫地拎起書包轉身走出病房。

唉，高中女生還能有什麼煩惱。營養午餐該先吃飯還是喝湯？根本連公式都背不起來的數學考試？喜歡的人剛好喜歡著我最好的朋友？誤會了彼此卻找不到適當的時機開口道歉？

那天晚上，解開了十幾年來一直困擾著我的夢魘，與黃琳抱著哭成一團的和解，對我而言都該是件無比慶幸的事。

*

經過昨天的昏倒風波，爸媽希望我在醫院休息一天，其實我真的沒什麼大礙，中午還一個人吃完增量雞腿雙拼便當，配上一杯珍珠奶茶，雖說有假能放白不放，但一整天下來還真的有點無聊。

老媽說她今天加班，所以大概八點半以後才會來接我回家，讓我在醫院先讀點書。

黃琳跟海娜也因為最近即將舉行的社團徵選，放學後必須留在學校跟學生會的幹部開會，等於我今天必須一個人，在這間空蕩蕩的病房裡待到八點半。

「亮亮，對不起啦！今天沒有辦法去陪妳，今天還好吧？」從海娜的聲音裡聽得出滿滿的抱歉，黃琳也在一旁附和，「白亮亮，妳今天就好好休息！作業等一下有人會幫妳送到醫院，等妳出院我們再請妳吃草莓千層蛋糕。」

「好啊！我今天八點半就可以出院了！可以吃上次在校園咖啡看到的那個上面鋪滿草莓，裡面有爆漿卡士達的蛋糕嗎？」

「欸，那個很貴！」黃琳這個小氣鬼。

「亮亮，我們要開始開會了，先這樣！妳照顧好身體，等妳回來再去吃好吃的。」在學生會會長喊大家進會議室開會的背景音中，海娜匆匆做了結尾。

「好的好的，快去開會吧，掰掰。」我點點頭，乖巧聽話地掛上電話。

「接下來要做些什麼好呢？」結束通話後，空虛感頓時襲來，身旁的小冰箱早就被我清空，韓劇也都看完了。

基於無事可做，我點開IG刷起同學們的限時動態，平常我只固定看幾個人的動態，但是現在時間很多，所以乾脆放著讓它跑，結果突然跳出一個不是很熟悉的頭像，三個男生捧著一個巧克力蛋糕對著鏡頭笑得很開心，文案用韓文打著：「哥，祝你生日快樂！我們很想你。」

點進個人頁面一看，才發現是陳敬在釜山的樂團團員們，主頁的動態更新停在七月底，看來在夏季表演結束之後，因為陳敬來台灣就暫時沒有更新了。在釜山時陳敬邀我追蹤粉絲團，我雖然嘴上說不要，還是忍不住點了進來。

沒錯，我就是一個超級沒有原則的人。

我開始一則一則點開主頁的發文，大多都是在海灘或是街頭表演的影片，「陳敬要是平常講話也像唱歌的時候一樣就好了，看著多養眼。」看著陳敬賣力演唱的畫面，我忍不住感嘆。

「白亮亮，妳是不是在講我壞話。」沒想到語音剛落，陳敬突然拉開拉門現身，「我剛剛一直狂打噴嚏。」

我慌亂地想將音量鍵調小，沒想到卻按錯邊，頓時整間病房都充斥著陳敬的歌聲。

「妳在看我表演的影片嗎？我就想說這個聲音這麼這麼耳熟。」

我紅著臉，狼狽地喊道，「喂！你媽沒有告訴你進別人房間前要先敲門嗎？如果我剛好在換衣服怎麼辦？」

「好啦，對不起，我下次會記得敲門，妳是什麼時候追蹤的啊？那個時候不是臉很臭地跟我說：哼，叫我追蹤，你想得美，我要給你們旅館差評。這樣嗎？」

「我的聲音哪有這樣，你去死啦！」我急地跳下病床作勢要打他。

陳敬一個閃身，「欸欸，妳小心一點，到時候打翻妳就沒有蛋糕吃了。」

我這才注意到陳敬手上除了書包以外，還拎了一個印有校園咖啡字樣的粉藍色紙盒，想起剛剛限時動態上Soul mate團員捧著蛋糕的畫面，點開手機確認了一下日期，沒錯，今天正巧是十一月六號，是王八蛋陳敬的生日。

「哇，這麼好，竟然有蛋糕，看來你還是有一點基本的探病禮儀。」我故意不提起今天是他生日的事，想著反正我不說，他一定也會主動提起。

沒想到陳敬只是笑著點了點頭，「要現在吃嗎？」

他緩緩拆開包裝盒，那是一個四吋小蛋糕，份量剛好適合兩人共享，巧克力熔岩蛋糕鋪上滿滿一層晶瑩剔透的草莓，「我記得妳喜歡草莓。」陳敬說這句話的同時，我的腦海突然閃現昨天的夢境，我用力壓著太陽穴甩了甩頭。

「怎麼了？不舒服嗎？」陳敬見狀一臉憂心地望著我。

「陳敬，你說你國小的時候就跟堂哥一家人去韓國生活了嗎？具體是幾歲？你記得嗎？你……」

「老闆我要一個草莓口味，一個巧克力口味。」

小男孩的聲音在腦海不斷迴盪，我頭痛欲裂，陳敬連忙扶著我躺平，「還好嗎？要不要幫妳叫醫生？」

我努力壓著太陽穴，不斷在心裡告訴自己不可能會有這麼巧的事，昨天的夢境有太多無法解釋的事情，有多少是真實發生的？又有多少是經過長年歲月積累而加油添醋的記憶？姊姊身旁的男人是誰？還有很多我沒搞清楚的事情，但現在唯一能做的，只有盡量先讓自己冷靜下來。

我緊閉雙眼調整好呼吸後，緩緩坐起身來。

「妳真的還好嗎？」陳敬輕輕扶著我的肩膀，一臉擔心地看著我。

「沒事的，只是我這幾天常常想到過去的事情，一些不是很好的事，所以身體狀況有點不穩定。」我苦笑著。

陳敬若有所思，蹙緊眉頭似乎想說些什麼，沉默了幾秒後又掛上深深的酒窩，「沒事就好，妳什麼時候出院？」

「八點半之後，等我媽下班。你今天是專程來幫我送作業的嗎？剛剛黃琳跟我說，有人會幫我送作業來，你……今天不用打工？」

「我一個禮拜只排班四天。嗯，是我跟黃琳說我要來的，送作業，還有蛋糕。」陳敬一邊說，一邊從書包裡抽出幾張看上去題目很多的數學考卷。

「那個……」看著陳敬遞到我面前的考卷，我面有難色，「你明天可不可以跟數老說你今天其實沒有見到我，這些考卷也從來沒有出現在我面前呢？求求你行行好，就當積陰德，會有好報的。」

陳敬瞇起眼睛，邪惡地望著我。

「我請你吃飯！」

「成交。」聽到關鍵字，陳敬爽快地把那幾張萬惡的數學考卷塞回書包。

其實我本來就有打算要請他吃飯，畢竟今天是他生日，還特別跑一趟醫院幫我送考卷，想不到竟然意外的免除了數學老師設置的數學地獄。

「我們要吃什麼？」陳敬又擺出興奮的哈巴狗表情。

「只要你敢開口，姊姊都滿足你。」我拍了拍胸脯誇下海口。

「話可是妳說的喔！」沒想到這傢伙竟然瞇著眼睛開始上下打量我，我急忙雙手抱胸惡狠狠地瞪著他：「想幹嘛？色胚，虧你長得人模人樣。」

沒想到這個該死的傢伙竟然給我露出一個得逞的笑容，「在想什麼啊，白亮亮？我只是看著妳，突然很想吃醫院樓下的豬肉火鍋而已啊。」

「去死，去死，你去死啦。」

雖然這個陳敬真的很欠揍，但體諒他是今天的壽星，我還是非常有風度地請他吃了醫院美食街的豬肉火鍋，一頓酒足飯飽後，陳敬心滿意足地跟著我回到病房，我從小冰箱裡拿出剛剛冰進去的蛋糕，「好，來切蛋糕吧。」

「好啊。」陳敬迅速地取出塑膠刀，我趕在他切下去前大聲制止，「等一下！」

「幹嘛叫那麼大聲？嚇我一跳。」

「你才在幹嘛啦，不許願嗎？好歹也是十七歲生日欸。」

陳敬從原本的滿臉驚嚇轉變為驚訝：「原來妳記得啊。不用啦，許什麼願，有吃蛋糕就算過生日啦。」陳敬擺了擺手，再次將塑膠刀對準小蛋糕。

「不行。」我一把搶過蛋糕，「做人不可以這麼不浪漫，許願之後才可以切。」

「好啦，囉哩八唆欸。」雖然嘴上這麼說，陳敬還是很配合地合起手掌。

「等一下。」
「唉，又怎麼了？」
「我還沒幫你唱生日快樂歌。」
「哎呦，拜託不……」
陳敬話都還沒說完，我便自顧自地唱起生日快樂歌來，看著陳敬呆站在原地不知所措的模樣，突然覺得很好笑，所以我一口氣把中文版、英文版、韓文版都唱過一遍。
在我準備演唱台語版的時候，陳敬一個眼明手快摀住我的嘴，急急忙忙地開口許願：「第一，我希望白亮亮的身體趕快好起來；第二我希望白亮亮可以變得溫柔一點不要每天打我對我大吼大叫；第三……」陳敬緊閉雙眼認真地許著第三個願望。
「前兩個願望那麼爛還不如不要許。」我在一旁看著沒好氣地說。
不過在他睜開眼睛後，我還是忍不住好奇地問，「所以你第三個願望許什麼？」
只見陳敬又恢復原先嬉皮笑臉的模樣，用一副我很沒有常識的語氣說道：「說出來就不靈了好嗎？是不是傻。」然後便開始自顧自地切起蛋糕。
陳敬故意把草莓通通堆到同一塊蛋糕上，所以我拿到的那塊蛋糕幾乎淹沒在草莓海之中。
「雖然我是很喜歡吃草莓，但是你這樣也太誇張，是在餵豬嗎？」
「是啊。」想都沒想就回覆，陳敬果然連生日的時候也是個王八蛋。
「對不起，竟然讓你在醫院過生日，還只請你吃了四不像的生日餐。」可能是因為蛋糕太好吃了，所以我突然良心大發。

「不會啊。」陳敬臉上綻放著真心的笑容，兩頰上高掛的酒窩陷得特別深：「生日在哪裡過其實不是很重要。」這一句延伸下去感覺還有後續的話，陳敬只是用燦爛的笑容帶過。

「妳明天會來學校嗎？」離開前，陳敬站在病房門口轉頭問我。

「會啊，沒理由再請一天假了。」我點了點頭回應道。

「好，那就掰啦，明天見。」陳敬聽後笑著朝我擺了擺手。

「嗯，生日快樂，明天見。」

送走陳敬後不久媽媽就來了，「身體有好一點了嗎？」

「好很多了。」

「吃過晚餐了？」

「吃了吃了。」

「吃什麼？」

「火鍋。」

「海娜跟琳琳今天有來嗎？」

「沒有，她們今天有會要開。」

「今天一個人會很無聊嗎？」

「還好、還好。」

「有好好念書嗎？妳期中考的數學考得實在太差。」

「還……還沒有讀得……很完整，好啦，我期末考會加油。」

在老媽一陣連珠砲似的關心結束後，我們便開始打包東西準備下樓辦離院手續。

走過轉角時，我不經意地往左手邊走道一瞥，這裡也是一整排的連號病房，人來人往的穿梭之間，我隱約看見那天和海娜爸爸並肩站在一起的吳醫生，正表情嚴肅地和某人談話，與他對話的人身形高挑，背影卻讓我感到異常熟悉，「陳敬？」

我踮起腳尖想確認是否是我眼花看錯，無奈他們距離我太遠，無論我怎麼探頭也無法看清。

「亮亮？怎麼了嗎？」媽媽拉住我的手疑惑問道。

「沒事。只是好像……看到我認識的人。」我心不在焉地回應道。

「同學嗎？」

「有點像，但應該是我看錯了。」我在心裡說服自己。

畢竟，陳敬實在沒有理由，這個時間還在醫院裡逗留。

第八章　如果不是一見鍾情

「亮亮，等一下要去嗎？」今天學校的大家都很興奮，因為社團活動課要舉行畢業晚會的社團徵選，白富美得知陳敬要代表熱音社上台唱歌，興奮地午餐難得沒什麼胃口，只吃了兩個炒麵麵包跟一包雞塊加大杯冰奶茶而已。

「當然去啊！海娜今天要上台跳舞呢！」我一臉驕傲地說，我有預感，洪海娜這傢伙今天一定會辣翻全場。

「陳敬今天超帥，我剛剛跟愛麗絲從福利社回來刻意經過熱音社，看到他們全都換了便服，我已經能夠想像別班的花痴們，待會對著我們陳敬流口水的模樣了……」

「妳是在寫小說嗎？也太誇張了吧……」看著白富美攥緊拳頭一臉不甘心的模樣，我忍不住吐槽。

午休時間就在同學們七嘴八舌的談話間結束了，下課鈴聲一響，所有人一窩蜂衝出教室，白富美勾著愛麗絲，憑藉傲人的噸位衝第一個，深怕稍晚一步就會錯過搖滾區的位置。

黃琳倒是一副老神在在的模樣，誰叫她是學生會公關組的幹部，全程都可以站在舞台旁近距離觀賞。

「白亮亮，妳這樣慢吞吞是搶不到好位置的喔。」黃琳拍拍我的肩膀，一臉別怪我沒有提醒妳的表情。

「反正今天沒看到，晚會那天也看得到啊。」

「也是啦，反正熱舞社一定會入選，這次還有大正妹洪海娜，如虎添翼。」黃琳表示認同地點了點頭，勾起我的手稍稍加快腳步。

其實除了熱舞社以外，我也非常確定有陳敬在的熱音社勢必也會捲起一陣炫風，專門吹迷妹。

來到會場，果然如黃琳所說，前排位置幾乎都被佔滿了，還有很多高一的學弟妹也跑來湊熱鬧，黃琳很講義氣以學生會公關的名義，帶著我衝進洶湧的人潮。

「白亮亮？」見到我突然出現白富美很是驚訝，「妳是怎麼擠到這麼前面的？」

「靠人脈啊！」會場聲音很大，我幾乎要用吼的才能與白富美進行對話。

「熱音社是壓軸喔！」愛麗絲站在白富美身邊探出頭來，興奮地對著我說。

「真的喔！妳怎麼知道？」

「陳敬跟我說的啊。」愛麗絲甜美地笑了一下，將目光轉向舞台。

陳敬跟愛麗絲最近突然變得很要好，下課時間偶爾還會一起去合作社，化學實驗課分組的時候，愛麗絲也主動找了陳敬一組，明眼人都看得出來愛麗絲對陳敬很有好感。

唉也是，像陳敬這樣一舉手一投足都很吸引女生目光的男生，根本不用多做什麼，就很容易讓人暈船吧。

在我陷入沉思的同時，學生會會長緩緩走上舞台，先是官腔地進行一連串類似垃圾不要亂丟之類的宣導後，才正式介紹第一組表演社團出場。

第一組出場的是吉他社，代表出征的是六班音樂小老師崔珍妮，還有海娜班上的何雨薇，一首梁靜茹的〈小手拉大手〉，在兩人默契地配合與甜美清新的嗓音催化下，贏得台下一票男同學的青睞。

全校約莫二十組社團報名參加徵選，有些社團的表演很滑稽，像是合氣道社，感覺就是沒人想代表，所以社長只能硬著頭皮自己上，在台上胡亂揮個幾下，便草草結束，惹得台下同學哈哈大笑。

「天啊，社長還真是不好當欸。」白富美曾經也是合氣道社的社員，看著曾經的隊友站在台上滑稽的模樣，她非常講義氣地，笑得最大聲。

還有一些很獵奇、吸睛的社團，大胃王社可說是所有表演中最新穎的，代表出征的是上次在便利商店遇到的短髮少女，大胃王社社長杜臻臻，社員們在她落坐後端上一個大鐵盤，上面裝了十二個福利社買來的大肉包。

「哇靠根本就是神豬！」身後一群男生見狀，開始此起彼落地說起風涼話。

「杜臻臻加油！」清朗明亮的男音響起，跟吳書豪同為籃球校隊的籃球王子方偉皓不顧旁人眼光，在台下大聲為杜臻臻應援。

不到十分鐘，十二個包子乾淨利落地消失，要不是表演時間有限，看杜臻臻吞下十二個大包子後依舊游刃有餘的模樣，如果給她足夠的時間，五十個包子對她來說可能也不是什麼難事，果然不愧對大胃王社社長的封號。

「我覺得我們一定很合得來。」如此精彩的大胃王秀，讓白富美認真思考轉社的可能性。

「十二個包子妳沒辦法啦。」愛麗絲在一旁提醒她。

「誰說的！等一下就吃給妳們看。」

就在白富美跟愛麗絲你一言我一語的爭論中，節奏感十足的音樂響起，伴隨著節奏點上的幾聲槍響，熱舞社的同學們一出場果真就吸引了全場目光。

「洪海娜好正！」我拱起手對著台上大喊。

海娜紮起高馬尾，黑色皮外套擋不住若隱若現的腹部線條，搭上一件黑色皮褲簡直跟電視上的女團公演沒兩樣，台下頓時驚呼連連。

「海娜跳舞的時候，氣場跟平常完全不一樣。」愛麗絲捧著小臉驚喜地說。

五分鐘的音樂一下就結束了，台下同學看著帥氣退場的熱舞社成員紛紛不捨地吶喊著，期待她們能再跳久一點。或許就是考慮到這點，學生會技巧性地將手語社、流行音樂社、熱音社幾個比較容易炒熱氣氛的表演接續安排在一起。

流行音樂社外號三中張惠妹的鐵肺活動長一曲〈如果你也聽說〉結束後，身著黑衣的工作人員抓緊空檔，迅速架好鼓架、音箱，就見熱音社的團員接續走到定位點。

不知道為什麼，我的心跳突然變得好快，身旁愛麗絲雙手緊攥，表情懇切地望向舞台。

如果說……愛麗絲會緊張是出於她對陳敬的好感，那我呢？

我又是為了什麼而感到緊張？

陳敬最後一個走上舞台，一襲藏青色格紋西裝果然如白富美所說的非常適合他。

「熱音社主唱不是張捷嗎？」

「他誰啊？我們學校有這麼帥的男生？」

「五班的轉學生啊，你們不知道嗎？這學期從韓國轉學過來的。」

「五班？也太帥了吧！為什麼不是轉來我們班？」

台下同學開始你一言我一語地討論，對於陳敬堪比韓國藝人的外表，女同學們更是興奮地頻頻交頭接耳。

白富美看周遭同學你一言我一語的評論自家男神，先是擺出一副「哼，我早就知道會這樣」的嘴臉，下一秒，畫風立馬突變，像是見到偶像後發狂的粉絲，舉起白白胖胖的手臂在空中揮來晃去大聲呼喊陳敬的名字。

見她這樣愛麗絲難為情地掩面低頭，我則尷尬地拉了拉她的衣角：「白富美，剛剛好就可以了，很丟臉欸！」

結果白富美卻惡狠狠瞪了我一眼：「妳看別班都喊成這樣了，陳敬是『我們班的』欸，妳想看他被其他班搶走嗎？」

這個白富美就是那種霸道總裁類型的言情小說看太多，陳敬哪那麼容易叫一叫就變成別班的啊，真是的。

台上熱音社的成員們開始試音，戴著鴨舌帽的鼓手敲了幾下面前的爵士鼓，現場瞬間安靜，陳敬對著麥克風溫柔地說：「大家午安，我是熱音社主唱陳敬，今天為大家帶來這首〈女孩〉，希望你們喜歡。」

陳敬開口後，台下的女同學全瘋了。

「歐麥尬！聲音好好聽，已死亡！」

只是不知道是錯覺還是眼花，陳敬在講這段話的時候，目光似乎碰巧落在我身上。

前奏響起，樂手們隨著節奏踩著節拍，貝斯手是這屆熱音社社長，二年一班黃浩平，鼻梁上總是架著一副銀色金屬框眼鏡，看起來不可一世的模樣，別看他社團玩得瘋狂，校排的名次也總是讓人抓狂，幾乎天天都能在熱音社的社團教室看到他，校排還每次都能擠進前十的人到底是想逼死誰？不過也是憑著這股斯文敗類的氣場，讓他玩起音樂來莫名的有魅力，一班的女生拼死拼活扯開喉嚨，就是不想自己班上的男神輸給陳敬。

「女孩不想看妳受一樣的傷害，所以學會溺愛，一而再再而再三而再的錯怪……」

陳敬開口，歡快的旋律從唇齒間流出，台下同學已然進入狂歡狀態。個人風格強烈的咬字是陳敬唱歌時的一大特色，伴隨著喉嚨震動，略微沙啞的低沉嗓音讓每個音符都宛若裹上一層糖衣的水果軟糖，漫不經心地灑落整個會場。在場所有人都心潮澎湃盡情沉醉於陳敬溫暖沉穩的蜜嗓之中，搭配歌詞時而使壞、時而可愛的表情，台下的女孩們更是著迷的大聲喊起陳敬的名字，氣氛宛若一場個人演唱會。

白富美在陳敬開口後始終保持著目瞪口呆的狀態，嘴上念念有詞：「根本就跟歌手沒兩樣，太扯了，真的太扯了。」顯然是被陳敬超水準的演出震驚到了。

我偷偷看了一眼始終很安靜的愛麗絲，她雙手緊握，一雙水汪汪的眼睛緊緊盯著陳敬，就連白富美轉頭對她說話，她也充耳不聞，只是靜靜地、深情且醉心地望著台上光芒萬丈的男孩。

我默默將目光移回舞台。

「女孩，我的故事因為你而展開，為你學會忍耐，為你，壞習慣我都改……」

將視線轉回舞台的那一刻，我的目光接上台上刷著吉他笑容燦爛的少年，難道真的不是我的錯覺？陳敬從一開始就知道我在這裡，所以才一直將目光投過來？

那天跟陳敬在捷運上，在我們靜靜對視的短短幾秒，我想起在書局看過的那本書：

> 要確定一個人是否喜歡你，看著他的眼睛，觀察瞳仁間的細微變化，如果瞳孔微微放大，那麼恭喜你，「他喜歡你」。

在那不過五秒的沉默裡，我無意間發現，陳敬深棕色的眼眸在注視我時所產生的細微轉變。

但我事後一直告訴自己，一定是我看錯了，畢竟這麼微小的差異，很容易有誤差；加上，這套理論不一定百分之百準確，人體構造這麼複雜，說不準在不同狀況下，瞳孔的大小都會有所不同。

會這麼努力說服自己，其實只是因為，我真的找不到任何會讓陳敬喜歡上我的理由，多才多藝的校園男神怎麼可能會喜歡像我這樣，走入人群三秒就會被遺忘的平凡女孩。

「請原諒，我不想那麼快和你，分開……」

我鼓起勇氣再次仰起頭來，決定不再閃避陳敬的視線。

結果直至歌曲結束，陳敬都沒有再往我的方向看一眼。

我忍不住在心裡暗笑自己的愚蠢。

陳敬喜歡白亮亮？哈，怎麼可能。想想都覺得荒謬。

熱音社的同學們在台下觀眾瘋狂的吼叫聲中瀟灑退場，現場的大家都心知肚明，畢旅晚會的三個表演，熱舞社和熱音社已安穩拿下兩個，僅存的一個名額，要等高二所有同學票選結束才知獎落誰家。

班長統整完大家的意見，將票選回條交還學生會，學生會會長在台上向同學說明畢業旅行注意事項的同時，黃琳悄悄走上舞台將統計好的名單交給他。

「好，首先要感謝同學們的熱情參與，現在在我手上的就是可以在畢業晚會中表演的社團名單……」

聞言，台下頓時響起一陣歡呼，還有此起彼落為自己社團應援的呼聲。

「讓我們恭喜，熱舞社、熱音社，還有……大胃王社！哇，結果真是出乎意料之外，總之，恭喜以上這三個社團，獲得晚會表演的資格，稍後請這幾個社團的代表到舞台旁邊找學生會活動組報到……」

「喂，你們聽說了嗎，學長姊這次畢旅的表演社團是熱音社、熱舞社跟大胃王社欸。」

「我知道啊！我自己是覺得大胃王社的表演還蠻療癒的，不過真的好羨慕學姊們喔，熱音社的主唱超級帥。」

「我正要說！陳敬學長，長得帥又會唱歌！欸……我們班的誰不是也是熱音社的嗎？要不要下次拜託他去加一下學長好友……」

走出會場的路上，沿路都能聽到大家七嘴八舌地討論剛才的表演。

白富美因為看熱音社表演時叫得太賣力，加上午餐吃不到平常一半的量，所以表演一結束就拖著愛麗絲往福利社跑，因此回程只剩我一個人孤孤單單。好不容易擠出擁擠的大禮堂，我站在樓梯間準備發個訊息問黃琳是不是要等她一起走，卻正巧遇到從大禮堂走出來的何雨薇，為了今天的表演她還特別畫了妝，原本就立體的五官顯得更加嫵媚動人。

「妳今天好美，好像泰勒斯喔！」我忍不住讚嘆。

聽聞我的讚美，何雨薇開心地笑了一下，緩緩走到我面前：「亮亮，妳有看到海娜嗎？我本來要等她一起回教室，結果剛剛去前台問學生會的人，他們說熱舞社代表才剛離開，但是我繞了一圈都沒有看到她。」

我搖搖頭表示剛剛除了看到海娜在舞台上表演外，其他時間都沒有見到面。

跟雨薇稍微聊了幾句後，依舊不見海娜人影，她便先行離開了。

我四處張望一下，眼看大禮堂的人都散得差不多，心想不如直接在這裡等黃琳一起回教室算了，訊息才剛發出不到一分鐘，就見黃琳一臉神祕兮兮地從會場走出來，一看到我便一把勾住我的肩膀：「白亮亮，妳知道我剛剛看到了什麼嗎？」

「什麼？」

「跟妳說，洪海娜剛剛來前台報到完，就被一個男的帶走了。」

「男的？」聽到這裡，我腦中第一個閃過的竟然是吳智凱的臉。

「嗯，要不要猜一下是誰。」

「吳智凱？」

黃琳見我想都沒想便脫口而出，訝異地用力勒緊我的脖子：「靠，妳怎麼知道？說！妳們兩個是不是有事瞞著我？」

「咳！大姐拜託妳先放開我，我快不能呼吸……」好不容易掙脫黃琳的束縛，我下意識後退兩步以策安全。

「說不說！」黃琳雙手叉腰擋住我的去路。

「其實也沒什麼啦，就洪叔叔跟吳智凱他爸是認識很久的同事，然後海娜跟吳智凱很早就認識了，這樣而已。」

「哇！我竟然現在才知道，」黃琳用力瞪大雙眼，「好像偶像劇情節喔！」

「有嗎？我覺得很日常啊。我跟我媽同事的兒子也認識啊，上次在早餐店遇到的那個，有點胖胖戴著眼鏡的男生，妳記得嗎？」

「喔！我有印象，妳都叫他阿宏。」黃琳漫不經心地點了點頭，「是沒錯啦。但是情況好像有點不一樣……當男的帥女的美的時候，就好像有點……浪漫？」

差點忘了外貌至上是黃同學一向遵從的人生準則。

「妳什麼意思啊？而且，妳真的要少看一點芭樂偶像劇了。」

「先不說這個。白亮亮，那時候妳在釜山遇到陳敬，怎麼沒說他唱起歌來這麼猛，學生會的女幹部們全瘋了。」話鋒一轉，黃琳突然激動地兩眼發光。

「我沒說嗎？是喔。我以為我有說欸，哈哈。」明明一句「對啊，他唱歌很好聽。」就能帶過的事情，我偏偏就是說不出口，沒來由地覺得在別人面前誇獎陳敬很彆扭。

「為什麼這麼淡定？妳不會看了他的表演還一點感覺都沒有吧？怎麼可能？這些年妳可是跟我跑過大大小小的演唱會，身上的迷妹細胞應該被訓練得很發達才對啊！」

「妳追的那些唱跳偶像，我本來就沒什麼太大的興趣。」

「哼，上次幫妳出的門票錢還來。」

「傻眼，是妳硬要我陪妳去看，擅自幫我買票的欸。」

「我不管！我現在突然覺得這筆錢花得很不值得。」

「……」

隨著社團徵選落幕，期末考試接踵而至，當然，這樣的考試機制下每每都造就了幾家歡樂幾家愁的局面，像黃琳、海娜這些優等生拿好成績輕而易舉，黃琳數學考了九十二分還不滿意，認為有一道多選題的答案有瑕疵，應該可以再多拿一分，為此跑去跟數學老師據理力爭，果真成功讓全校同學共享送分的喜悅。只不過像我跟吳書豪這種混飯吃的，少一分多一分其實差別不大，我們一心只求能有個完整的假期，不用到校補考就阿彌陀佛了。

至於陳敬呢？雖然文科不太好，但數、理、化出乎意料的不差，總之，我這學期的排名因為陳敬的加入，從原先的二十四名掉到二十五名，老媽看到成績單後臉色鐵青，用盡全力的煮了一頓味道很「微妙」的晚餐。

「妳自己說，這種成績要考什麼大學？比上次還退步一名！」掛上電話後，老媽的怒氣值升到最高點，每次跟阿宏的媽媽通完電話，她就會對我發脾氣。

「其實我沒有退步啦，只是我們班這學期有一個轉學生加入，所以硬要說的話我的水準是持平的。」

「妳還狡辯！那妳說說看以後想讀什麼科系？上哪間學校？人家阿宏每次考試都考班排前三、校排前百，張阿姨還說阿宏已經決定要考牙醫系，妳呢？除了吃飯睡覺以外還會什麼？」

「阿宏要考牙醫系？哈哈哈，他的氣質不適合啦。」我夾起一根看起來還有點生的香腸，不知道吃了明天會不會拉肚子。

沒想到才剛把香腸放到嘴邊，就被老媽的怒吼嚇得手一抖，整根香腸滾到沙發底下。

「白亮亮！我在跟妳說正事，不要給我嘻嘻哈哈！」

唉，人家阿宏從國小就一路以第一名的優異成績畢業，高中理所當然地考上建中，這種怪物般的成績我怎麼可能比得上，我在國小一年級第一次數學小考就認清了這個事實，偏偏老媽卻總是看不開。

寒假思考未來的同時，我也沒忘了玩耍，寒暑假的真諦不就是犒賞青年學子努力拚搏了一整個學期嗎？如果每天都要綁在書桌前寫作業，到底算哪門子放假！

除了上述這些平凡高中生都必經的抗爭之外，要說這學期結束，我最大的不同應該就是，我好像真的徹底放下了喜歡四年的袁東明，見到他時也不像以往那樣小鹿亂撞、手足無措。

意識到自己不再喜歡他以後才發現，袁東明真的是個很壓抑的男生，以前我總會盡力想很多話題在他身邊繞來繞去，逼得袁東明不得不比平時多說幾個字，可是現在跟袁東明在一起時，我不再強迫自己每分每秒都要用話題把時間填滿，尷尬疏離的感覺頓時無所遁形，這是我之前一股腦地喜歡他時沒有自覺的。

我開始思考自己過去對袁東明的喜歡，到底是出於執著，還是習慣。

黃琳擺出一副早已看破紅塵的姿態告訴我，初戀都是這樣，對於美好戀情的嚮往，常常讓人忘了現實面，可是當徹底放下這段感情回過頭來看的時候就會發現，原來當時那份自認為是喜歡的悸動，還夾雜很多複雜的情感，例如：執著、憧憬、不服輸。

「白亮亮恭喜妳成長了，成功脫離單戀的苦海。」在自助火鍋餐廳，黃琳舉起裝著熱可可的咖啡杯對我說。

黃琳一直都是我們三個之中最成熟灑脫的那個，不過最近對於現實生活中的戀愛向來抱著隨遇而安心態的她，也終於迎來電腦螢幕外的第一份悸動。

醫院對面那間便利超商，成了我們寒假時另一個消磨時間的地方，黃琳第一次踏進這間超商，是因為洪叔叔約我們一起到醫院附近新開的餐廳吃飯。

等洪叔叔下班的時間，我帶著異常加速的心跳領著黃琳走進超商，這是寒假首次見到陳敬，一個多禮拜不見，原來就高挑的他似乎又長高了一些。

陳敬見到我們，一對酒窩深深地陷進雙頰，開心地請我們喝飲料。

那天剛好店裡來客數不多，於是店長威力也坐下來跟我們一起聊天。

聊天過程中我意外發現，與難親近的外表不同，威力其實是個很幽默溫暖的大男孩，不知道是不是因為年紀比我們長的關係，他身上還帶著一種同年齡的朋友所沒有的成熟穩重。

那天以後，黃琳就常常提議要去便利商店坐著聊天殺時間，說好聽一點是去那裡比去咖啡廳省錢，但其實有眼睛的人都看得出來，黃琳心中有一顆小小的種子正悄悄地發了芽。

除夕前幾天，我們在海娜房間吃著進口零食，一面喝著剛剛在便利商店買的抹茶拿鐵，眼尖的海娜發現黃琳的飲料杯底下，藏了一行小小的字：

希望妳今天也能過得開心。

王威力Line ID：willy1995

為此我們還再三確認，三杯飲料上果然只有黃琳那杯與眾不同。

黃琳整張臉漲得比煮熟的螃蟹還紅，在我跟海娜一搭一唱的步步逼近下，她總算低著頭開口承認自己對威力有點好感，然後在我們的鼓吹下，半推半就地加了威力的好友，算是人生一大躍進。

攻陷完黃琳，我自然地把矛頭轉向海娜：「娜，黃琳這裡先告一段落，妳呢？」

「蛤？跟我有什麼關係？」海娜不安地往後挪了挪身子，一臉此地無銀三百兩的模樣。

「妳要讓我們等到什麼時候？」我伸出食指調皮地戳了戳海娜的肩膀。

發現槍口轉向海娜，在一旁沉默許久的黃琳也抬起頭來助攻：「就是說啊，該跟我們解釋一下妳跟吳學弟是什麼情況了吧？」

一聽到吳智凱的名字，這回換海娜白皙的臉龐漲得通紅，「什麼……什麼情況，我們從小就認識，只是他爸有一陣子調到別的醫院，所以有段時間沒什麼聯絡，現在剛好又同校了而已……」

「是嗎？只有這樣？」我跟黃琳相當有默契地瞇起眼睛看著她。

「真的啦，拜託不要這樣看我，真的就只有這樣而已。」

「不對，案情似乎沒有這麼單純喔。我忽然想起來那天吳智凱在中庭跟蘇靜瑜搭訕的時候，妳正在跟副會長有說有笑。」黃琳突然提起那天社團招新在穿堂發生的事。

經她這樣一說，我再次憶起那天的攤位安排，美術社在學生會隔壁，所以黃琳跟海娜都是近距離目睹案發經過的人。

「吳智凱看到妳跟別的男人有說有笑一時心氣不順，剛好美術社的學姊近在眼前，所以故意搭訕想要引起妳的注意！」

「天啊！有道理欸黃琳！」

「妳們想太多了啦！」海娜嘆了口氣，顯然已經放棄掙扎。

「那妳說說看，他那天搭訕完蘇靜瑜為什麼就沒有後續了？」

「對齁，而且那之後好像也沒見他騷擾別的女生，倒是很常看到他在海娜周圍出沒。」聽到這裡我忍不住起了滿手雞皮疙瘩，吳智凱搭訕蘇靜瑜是因為隔壁學生會攤位上與副社長相談勝歡的海娜，而那天袁東明暴走的理由卻是因為學生會的攤位上有個黃琳。

唉，可憐的蘇靜瑜，被當作箭靶到現在還渾然不知。

「妳說實話，吳智凱是不是在追妳？妳們到底什麼關係？」黃琳的大直球，讓海娜剛送入口中的抹茶拿鐵一時間嗆得滿地都是。

「洪海娜，從實招來喔！」我眼明手快抽了幾張濕紙巾，趕在米黃色羊毛地毯變成一片綠油油的草地之前，將噴濺的污漬擦拭乾淨。

「拜託妳們放過我吧。」海娜眨著小鹿眼苦苦哀求道，「我是真的不知道，不是不想告訴妳們。」

「不知道什麼？」這句話一聽就有弦外之音，黃琳當然不會輕易放過。

短暫沉默之後，海娜緩緩張開厚薄適中的唇瓣——

「不知道我們是什麼關係。」

很好，果然有戲。

我對黃琳使了個眼色，沒想到黃琳這個叛徒卻突然賊笑著轉向我，「OK，海娜這邊可以了，至少我們知道目前是確認彼此關係的狀況，白亮亮這邊倒是很讓人摸不著頭緒！」

「我？」

「不要給我裝，陳敬啊，妳覺得陳敬怎麼樣？真的對他沒有任何想法？」

「嗯？」我歪著頭看向一臉興奮的黃琳，「我應該要有什麼想法嗎？」

「我一直覺得你們之間有種很微妙的感覺啊，難道只有我這樣覺得嗎？」黃琳向海娜遞了一個眼神請求協助。

只是海娜正低著頭忙著摳掉燕麥餅乾上的葡萄乾，絲毫沒有感受到黃琳懇切的目光。

「妳還是好好思考一下該怎麼跟威力更近一步吧。」趁著海娜分心的空檔，我抓準時機匆匆結束對話。

唉，其實我也不是沒有想過這個問題。

我喜歡陳敬嗎？我不知道。

那陳敬喜歡我嗎？我也不知道。

我試著回想過自己當初到底是怎麼喜歡上袁東明的，記得國一剛開學，袁東明一身清爽地走進教室，在我們對到眼的那短短幾秒鐘，天雷勾動地火，我的眼神從此再也離不開他，是那種第一眼就知道我喜歡上這個人的感覺，應該就是大家口中所謂的一見鐘情。

那麼陳敬呢？

夏日的海灘，那個盡情徜徉於音樂之中的男孩，我承認他有著過人的才華與魅力，同時也擁有足以讓人一眼便墜入愛河的外表，可是我對他卻沒有那種一眼便陷入愛情的感覺，對於他甚至沒留下什麼太好的第一印象，我看不慣他什麼都不在乎的態度、討厭他初次見面就讓我顏面盡失一點風度也沒有、不喜歡他說話總是不經大腦瘋瘋癲癲。

可是這段時間的相處下來，我發現在他什麼都不在乎的笑容底下，藏著不願讓人看見的脆弱；總是一副吊兒郎當的模樣，其實有著一顆比誰都還要溫暖的心，很懂得安慰人、也知道怎麼逗朋友開心；他也不全然是個說話不經大腦的討厭鬼，有時甚至挺幽默的，跟他在一起的時候我總是很自在，相處起來很舒服，讓人有一種很安心的感覺。

所以這樣算是喜歡嗎？

對我這樣頭腦不好的笨蛋來說，要在短時間內理清這個問題真的太困難了。

好在這個寒假，還有另一件令我掛心的事，足以讓我暫時擱下這個難解的謎團。

那天從醫院回到家後，我將自己鎖在房間，猶豫著是否應該打開第一格抽屜。刻有月亮圖案的鐵盒子裡，極有可能乘載著陳封十年的祕密，我用力吸了口氣不斷告訴自己，「白亮亮，不管鐵盒裡裝了什麼，千萬要保持冷靜。」

做了一番心理建設後，我小心翼翼地拉開抽屜，那些我選擇遺忘的記憶裡究竟還有什麼？想到這些，就讓我忍不住心跳加速，只是拉開抽屜後，卻發現抽屜裡的東西竟全都消失了，爸媽也沒有要隱瞞我的意思，很坦然的告訴我東西是被他們收起來的。

老媽說爸爸放心不下，擔心我身體才剛復原又受到什麼衝擊而昏倒，所以希望我暫時不要去觸碰這塊記憶，儘管我一而再再而三地告訴他們，「我真的已經可以正視過去發生的那場意外，也不像之前那樣老是做惡夢了。」

他們依然堅持姊姊留下的那些東西，還是暫時由他們保管比較妥當。

我卻始終覺得，那個月亮圖騰的鐵盒和上鎖的日記本裡，勢必裝載了某些被遺漏的重要片段。

夢裡出現的那個男人是誰？

爸爸剪貼的那張報紙上分明寫道，姊姊在出車禍時是坐在副駕駛座，那麼駕駛座的那個男人，應該就是在我夢裡出現的那道模糊不清的人影。

如果那場夢確實是我過去經歷過的事，那麼那個男人，還有事發當時陪在我身旁的小男孩究竟是什麼人？現在又在哪裡做些什麼呢？為什麼姊姊出事之後就再也沒有見過他們，消失得無影無蹤？

難道真的如報紙所寫是姊姊遇人不淑，愛上曹山幫的販毒份子，才將自己推向死亡的嗎？

就算爸媽讓我暫時不要去思考這些，畢竟事發當時我不過也才五、六歲的年紀，要想記下所有的細節根本不可能，可對我而言，這些都是確實經歷過的事，我依然很想知道這份記憶的全貌。

加上我最近雖然不再做惡夢，卻時常夢到一片綠油油的草地，草地上鋪著紅白相間的野餐墊，野餐墊擺滿晶瑩剔透的草莓果凍、灑滿糖粉的巧克力蛋糕，還有姊姊親手做的火腿三明治。

姊姊穿了一件亮眼氣質的淡黃色洋裝，幸福地依偎在穿了開襟襯衫的男人身旁，男人拿起一顆草莓果凍晃到我面前溫柔地說：「哥哥買了妳最愛的草莓果凍，今天這些全部都是妳的。」低沉平穩的聲音，宛若一株被暖陽包裹的向日葵輕輕拂過耳際。

或許就是這一幕場景，讓我始終無法將那個男人與新聞報導中的毒販連結到一起。

過年期間叔叔一家人到家裡拜年，一頓酒足飯飽後，嬸嬸向媽媽提議後天兩家人一起去山上走走散心，他們剛好有朋友在太平山附近經營民宿，就當是渡假，這個提議對於久未外出旅行的媽媽而言，簡直就是天上掉下來的禮物，她連一秒都沒有猶豫，爽快地答應了。

但因為我初四已經跟黃琳還有海娜約好要看電影，所以就變成那兩天由我留守看家，爸媽跟叔叔一家出去玩，媽媽還特別叮囑我他們去玩的這幾天，要好好把除夕沒有大掃除完的地方打掃乾淨，而我當然不會輕易放過這難能可貴的機會，最後成功以兩條草莓奶凍捲作為交換，扛下打掃家裡的重責大任。

「等一下要不要來我家幫我大掃除？」看完電影後我詢問坐在我對座，兩臉呆萌吃著奶油蛋糕的好友。

「別想。」就是這麼簡單粗暴，說完黃琳還不忘惡狠狠白了我一眼。

雖然早就知道結局會是這樣，但回到家後我還是很後悔，自己竟然為了奶凍捲就這樣把寶貴的假期給賣了。

洗刷完浴室牆壁上的陳年汙垢，我買了兩顆熱騰騰的車輪餅，打算吃完休息片刻後再接再厲。狠心如我媽旅遊途中還不忘打電話關心我的進度：「白亮亮，妳有認真打掃嗎？」電話另一頭還夾雜著五花肉躺在熱騰騰的鐵板上自由奔放的聲音。

「有啦有啦，可以不要這麼不信任自己的小孩嗎？然後為什麼我一直聽到烤肉的聲音？」

「民宿老闆招待啊，他們是妳叔叔認識很久的朋友，招待我們吃燒烤，有烤山豬肉還有地瓜喔，妳沒來真是可惜。」

「齁，妳女兒晚餐吃車輪餅，你們吃燒肉，然後妳竟然還打電話問我有沒有認真打掃家裡，我好像灰姑娘喔。」

「反正又沒有人邀請妳去舞會，妳有很多時間可以打掃。」

呵呵，果然是親媽無誤。

灰姑娘只好認命地收拾好餐桌，開始接下來的掃除工作，收拾倉庫的時候，我在擺放棉被的櫃子底下，找到媽媽前陣子一直找不到的運動外套，看來是上次整理倉庫的時候太熱所以忘在這裡的，我輕輕抖掉外套上的灰塵準備把它掛回老媽的衣櫃。

平時沒事我不會走進爸媽的房間，所以萬萬沒想到拉開衣櫃拉門的時候，那個刻有月亮圖騰的鐵盒竟然就這樣毫無遮蔽，大大方方地躺在摺疊整齊的衣服上方。

看到它的霎那，我頓感全身發燙、心跳加速。

鐵盒上方的塑膠架上還擺了一個小紙盒，除了月亮鐵盒以外的其他東西都被媽媽整整齊齊地收在這裡，包括之前擺放在我床頭櫃上裝有鑰匙的相框。

找到鑰匙這件事我從來沒向任何人提起過，包括我的父母，確認鐵盒上的小鎖沒有損壞後，我用力做了個深呼吸，緩緩轉開相框背後的木板，銀色小鑰匙安然無恙地躺在相片背後，捻起鑰匙的手忍不住微微顫抖著。

用力吐了一口氣，我將鑰匙輕輕插進帶著鐵鏽的鑰匙孔，隨著鎖頭發出的清脆聲響，我抱著鐵盒靜靜在爸媽的床上坐下，待激動的情緒稍微緩和後，才輕輕將小鎖從盒子上取下。

用手指輕拂過橘銅色的雕花月亮圖騰，在此之前我幻想過無數次打開鐵盒後會看到的東西：姊姊和男友的定情首飾、朋友送的鑰匙圈、卡片又或是信件……

懷抱著這股未知的悸動與不安，我緩緩摘下盒蓋。

當盒蓋脫離鐵盒後，映入眼簾的內容物，卻讓我忍不住倒抽一口氣。

雕花鐵盒裡裝了一張披頭四的專輯，還有兩張有些泛黃褪色的照片，除此之外沒有任何東西。

我拿起疊在最上方的那張照片，照片裡的男人抱著一把木吉他低著頭演奏，姊姊坐在他身旁的位置對著麥克風唱歌，臉上的笑容溫暖且美麗。

可惜……這張照片已經擱置太久，加上男人的臉也並非正對著鏡頭，所以看不太清楚他的長相，但依稀能夠感受到他身上洋溢著一股知性穩重的氛圍。

照片的背後用潦草的字跡寫道：「2003.05.29民謠吉他社成果發表」

看起來應該是姊姊大學玩社團時留下的照片，至於另一張有些泛黃的照片，則是與相框裡的照片背景一致，一片綠油油的草地上鋪著紅白相間的野餐墊，我的嘴角邊沾滿巧克力醬，一手比出「耶」的手勢，一手端著吃了一半的巧克力蛋糕，對著鏡頭露出大大的微笑，站在我身旁的男孩單手叉腰，一隻手將握在手裡的草莓果凍舉至鏡頭前露出包裝上的商標，笑容燦爛的模樣像極了拍攝廣告的童星。

「亮亮，明天見。」

我的腦海中再次閃現帶著稚氣的男聲，「不哭不哭，眼淚是珍珠。」

如果說第一張照片的男人便是我夢裡，那個坐在駕駛座的男人；那麼那天坐在人行道上陪著我目睹一切的男孩，到底跟姊姊又有什麼關係呢？

看著他天真爛漫的笑容，一滴豆大的淚珠唐突地從眼角墜落，落在男孩稚嫩的臉龐上，我不知道自己為什麼哭，只覺左邊胸口好像有些什麼全都聚到了一塊兒，彼此糾纏扭轉為我帶來劇烈痛楚，逼得我眼淚直落。

原來從小到大在我難過想哭的時候，只要有人輕拍我的頭頂，悲傷情緒就能得到舒緩的習慣，是從這個時候開始的，即便因為過於痛苦而將這段往事從腦海刪除，但我的身體始終記得，那天坐在人行道上嚎啕大哭的我，以及默默站在我身旁的男孩，他說話的語速，還有輕拍我頭頂的小手。

曾經在我最脆弱難受時陪著我的那個人，這麼多年來我甚至想不起他的名字，記不起他的聲音、他的臉……還有想不通，最後，我們到底是怎麼走散的？

那場車禍帶走了我唯一的姊姊，而我卻在漸漸找回過往遺失記憶的過程裡發覺……
那一天我所失去的，似乎遠遠不止於此。

第九章　預感

開學過後沒多久，總算迎來朝思暮想的畢業旅行。

一大早就看到好幾輛紅紅綠綠的遊覽車相繼停在校門口，還沒走到我們班的隊伍，就先聽到白富美宏亮的召喚：「白亮亮！這裡這裡！我們在這裡！」

「你們怎麼都這麼早？」本來以為我已經算早出門的，沒想到班上同學卻幾乎都到齊了，應該是有史以來出席率最高的一次。

黃琳雙手叉腰，似乎在對我的姍姍來遲表達不滿，她今天穿了一件水藍色的波希米亞一字領上衣，配上白色直筒長褲，看起來很像要去外拍的模特兒。

「亮亮今天好美喔！」站在白富美身邊的愛麗絲露出甜美的笑容，將我從頭到腳來回掃視了一遍。

其實我今天跟黃琳還有海娜說好要稍微搭配一下服裝，最後決定配合這次旅行的目的地——墾丁。以藍色和白色為主作搭配，所以我才穿了平時沒什麼機會穿的米白色裸肩上衣配上一件淺藍色牛仔褲。

「唉，真羨慕妳們這些瘦子，哪像我只能永遠的T恤配牛仔褲。」白富美羨慕地戳了戳我難得出來見人的肩膀。

我笑著建議白富美可以向渡邊直美學習棉花糖女孩穿搭術，打鬧了幾句後便走到黃琳為我保留的空位站好。

其實剛剛一路上我都一直在隊伍裡尋找那道高挑的身影，不知道從什麼時候開始，只要在人群中我就會不自覺的開始尋找陳敬，舉凡全校升旗、體育課等等……

「妳又在看什麼？心不在焉的？」甚至連黃琳對我說話都沒有聽到，引來她不滿的抱怨。

「抱歉，妳剛剛說什麼？」我尷尬地笑了笑，不安的感覺卻悄然襲上心頭，因為不管我怎麼找，都沒有看到那個身形出挑的男孩。

陳敬這傢伙不會在這麼重要的日子給我睡過頭了吧？

在我準備拿出手機傳訊息給他時，耳畔卻傳來愛麗絲的聲音：「喂，陳敬，你怎麼還沒來？蛤，跟熱音社的人一起吃早餐？好，那你吃完快點過來喔，再十分鐘就要發車了。」

愛麗絲放下手機後，站在我斜前方的白富美還故意用手肘頂了頂她的腰際。

看到這一幕，我心裡竟有些不是滋味，卻又理不清這種莫名其妙的情緒是怎麼回事。

明明不是什麼大不了的事情，卻讓我在意得不得了。

「白亮亮，是不是妳手機在響？我好像有聽到震動的聲音。」黃琳一句話硬是打斷我的思緒，我手忙腳亂地將手機從側背包裡掏出來。

一見到來電人顯示，我的心跳卻不爭氣地漏了一拍。

「終於啊白亮亮，妳的手機是裝飾用的嗎？訊息也不回。」電話另一頭傳來陳敬慵懶的聲音。

「喔，我關震動。」想到剛剛愛麗絲的那通電話，我就無法控制自己不對陳敬使性子。

「吃早餐了嗎？」陳敬似乎沒有察覺我語氣裡的不悅，自顧自地問。

「沒有。」我簡短地答道。

「難怪聲音聽起來這麼沒精神。好喔，您的外送小哥已上線，等著我吧！」陳敬頓了頓又接著說，「喔對了，草莓吐司配溫奶茶妳可以吧。」

「嗯？」我還沒來得及反應，電話另一頭的人便草草結束了通話。

「誰啊？」黃琳滿臉狐疑地看著我。

「沒什麼，騷擾電話。」我故作什麼事也沒有，心裡卻泛起一絲暖意，嘴角忍不住微微上揚。

「喔～騷擾電話還能讓妳這麼開心啊？」黃琳兩眼直視前方，語帶笑意的揶揄道。

「主唱大大，車都要開了你才來啊！」前排男生浮誇的語氣，讓所有人的視線不約而同的聚焦於姍姍來遲的陳敬身上。

而且這一眼，就讓大家的目光再也離不開他。

陳敬穿了一件純白素T搭配深藍色牛仔褲，在還帶著些許涼意的春日早晨，緩步向著我的方向走來，就好比站在伸展台上的模特，又或偶像劇裡的男主角，陳敬每踏出一步，都宛若自帶濾鏡的校園青春電影。

經過愛麗絲身邊時他稍稍停下腳步笑著向她打招呼，愛麗絲往他厚實的肩膀輕輕送出一拳以示不滿他的晚到。

經過我身邊時，陳敬一句話也沒說，我們眼神交鋒的時間甚至只停留了短短幾秒，但擦肩而過的那一刻，我的眼角餘光準確地捕捉到他深深陷進兩頰的酒窩，還有我微微彎起的食指在他經過的那一秒，掛上一袋還留有些許餘溫的粉紅色塑膠袋。

上車前側背包裡的手機又震動了一下。

陳敬：噓，哥太窮所以只買了妳的。

陳敬：是說，這些應該夠妳吃吧？

低頭回傳了一張加菲貓挖鼻孔的貼圖後，我緊緊護著那袋早餐，輕快地踏上遊覽車。

因為黃琳會暈車，所以我們的位置被安排在遊覽車右前方。

袁東明跟吳書豪坐在我們正後方，白富美跟愛麗絲則是坐在我們左手邊，陳敬沒有坐在附近，而是跟幾個男生坐在後排搖滾區。

待大家都坐定位後，班導明顯與滿心期待的我們不同，倦容滿面地交代一些基本注意事項，並且充分表達了自己對於我們荒廢三天課業的難過後，就速速將麥克風交給這幾天負責帶領我們的隊輔哥哥大仁哥，大仁哥開朗自我介紹的同時，我默默打開剛剛從陳敬手中接下的粉紅色塑膠袋，大杯溫奶茶、草莓吐司、鮪魚起司蛋餅、薯餅、雞塊還有熱狗……哇賽！這傢伙是以為自己在餵豬吧。

我趕忙點開手機發訊息給陳敬。

白亮亮：整袋都是我的嗎？你是不是沒有拿走你的啊？

陳敬：都是妳的啊，我剛剛在店裡吃過了。

白亮亮：傻眼，也太多了吧！不是說很窮。

陳敬：我玩寵物農場養豬的時候，也會把所有錢砸來買飼料。

我翻了個白眼準備開罵，陳敬又傳來一條訊息。

陳敬：再窮也不會餓著自己人。

第一時間我還以為是我眼花看錯，眨了眨眼睛來回盯著那條訊息看了許久，「自己人」這三個字映入眼簾讓我的心跳又不爭氣地又漏跳了好幾拍，在這樣下去我會被確診為心律不診吧。

「很抱歉，白亮亮同學妳這幾天要禁冰、禁辣，以防明天晚上上台破音。」黃琳突然出聲，伸手想拿走我袋子裡的奶茶，指尖碰到奶茶杯的時候突然露出一個無比奸詐的壞笑，用手肘撞了我一下：「哎呦，溫的餒。這份愛心早餐給的很有sense喔。」

「這才不是什麼愛心早餐。」我沒好氣地說，畢竟愛心早餐也要看看給的人是什麼心態，陳敬大概就是那種在觀光農場買飼料餵羊駝玩的心態。

唉，說到愛心早餐，一個寒假過完我還是沒理清楚自己對陳敬到底是什麼感覺，好像有點在意但又不知道是不是喜歡。

唯一確定的是在我意識到，自己好像沒有那麼在意袁東明的那一刻起，腦海裡就經常浮現陳敬的身影，可是卻又沒有像在喜歡袁東明時那樣從早到晚胡思亂想，反正在學校每天都會見面，就算放假比較不常見但寒假期間，陳敬幾乎一天不落每天都會傳訊息騷擾我，但除此之外他也沒有更多的表示了，所以要說我們只是比較要好的異性朋友，似乎也說得過去。

「欸。袁東明好像有點發燒。」遊覽車才剛發動沒多久，吳書豪突然從我身後探出頭來。

「發燒？是感冒了嗎？」我關心地透過椅背間的縫隙往後望，只見袁東明雙手抱胸、嘴唇煞白，臉上一點血色也沒有，看起來真的很不舒服的樣子。

「袁東，很不舒服嗎？」黃琳也擔心地回過身蹲坐在椅子上，伸出纖長的手臂摸了摸袁東明的額頭。

「昨天晚上睡覺好像有點著涼，我出門前吃過退燒藥了，應該沒事。」袁東明的聲音聽起來很虛弱，還帶了點沙啞。

「bro如果你真的很不舒服的話要跟我說喔！你現在看起來超級不好的。」吳書豪雖然平常嘻嘻哈哈，但看到朋友生病還是很貼心地調整頭頂上方的冷氣風向，甚至脫下自己的外套蓋在袁東明身上。

黃琳稍微跟前來關切的大仁哥說明袁東明的狀況，大仁哥再三提醒我們如果袁東明還有什麼不舒服的地方，就要馬上跟他反應，臨走前不放心地又回頭叮嚀了幾句才離開。

遊覽車一駛上高速公路，車裡的大家便正式進入狂歡狀態，從台北一路到墾丁，音樂全程沒有停過。

第一天行程有一半的時間都在遊覽車上度過，到了海生館已經接近午餐時間，所有班級被聚集到一起吃了簡易的桌菜後，就開始第一站的行程。

海生館果真不管到哪裡都長得差不多，黃琳勾著我的手難得發表了一番感人的言論：「重點不是去哪裡，而是跟誰一起去。」

而我是覺得只要可以不用考試、不寫作業，去哪裡真的都無所謂。這趟旅程唯一比較可惜的一點就是，因為我們基本上都是以班級為單位活動，所以我跟黃琳沒有辦法跟洪海娜在一起共享這難能可貴的青春回憶。

直到傍晚逛墾丁大街的時候，我們好不容易才獲得兩個小時的自由活動時間，三人組終於在一天的尾聲湊到一起。

「突然覺得我們今天好像沒有服裝搭配的必要。」見到穿著一套藍白格紋連身洋裝的海娜，我忍不住笑道。

「我今天也一直在想這件事。」海娜也難得幽默地自嘲。

「有啦，心意有到就好，」黃琳張開雙臂搭上我和海娜的肩膀，「來吧。既然都來到墾丁了，我們就來做點瘋狂的事如何啊？」說話的同時這位大姐的目光不斷飄向斜前方的調酒攤位。

「拜託！算我求妳，妳這輩子真的再也不要碰酒了。」

「嗯，我也覺得妳還是不要喝比較好，不然明天又會很不舒服。」海娜在一旁委婉地幫腔，畢竟我們都是親眼見識過黃琳極差酒品的勇士。

有過上次可怕的經驗，今天無論如何都不能讓釜山的慘案再次發生，不然晚上海娜跟我們不同房，只剩我一人獨自面對酒醉發瘋的黃琳我可招架不住。

「哼，那我喝木瓜牛奶總可以了吧。」黃琳對我們的反應很是不滿，賭氣地走向隔壁的果汁攤。

「當然可以，比起喝酒發瘋，木瓜牛奶至少還有助於拓展妳平坦的胸懷。」語音剛落，我新買的白鞋上就多了一個黑黑的鞋印。
雖說今天是平日，墾丁大街上依舊有許多遊客閒逛，當然本校學生還是佔了大多數，三不五時就會碰上幾張熟面孔。
買完果汁後，我們又陸陸續續吃了大腸包小腸、地瓜球、糖葫蘆，肚子飽得差不多，只見黃琳在一間手做飾品店停下腳步。
「妳要買紀念品給黃萍嗎？」黃萍是黃琳在唸國中的妹妹。
「不是。」黃琳盯著一對銀色的吊飾，有點不好意思地回應道。
「齁，買給威力喔。」我走到黃琳身邊用戲謔的語氣說道。
「他生日好像快到了，我想買點有紀念性又不會太有負擔的東西送他。」語畢，黃琳指著那對吊飾問道：「妳們覺得送這個會不會太幼稚啊？」
我跟海娜互相對看了一眼後，默默看向黃琳手指的那個吊飾，說實話那是一套蠻有設計感的鑰匙圈，上面分別有一顆立體的愛心掛飾和一支雕工細膩的羽毛箭，如果今天黃琳指給我看的是什麼熊熊兔兔玩偶造型的吊飾，我一定會毫不猶豫的吐槽，但是今天她的眼光難得在水準之上，所以我決定推她一把。
「那個，說真的。」黃琳見我欲言又止，很是緊張地回頭看著我。
「重點不是送什麼，而是看送的人是誰。」我模仿黃琳說話的語氣，把她那句感人肺腑的感言稍微改裝了一下。

「偷梗王。」黃琳雖然朝我翻了個大白眼，但看上去似乎鬆了口氣，拿起那對鑰匙圈瀟灑地結帳走人。

「妳們沒有要買什麼東西送人嗎？」自己安頓好後，黃琳雞婆的個性又開始蠢蠢欲動。

「我剛剛來找妳們之前買好了。」只是萬萬沒想到洪海娜這個傢伙語出驚人，讓我瞬間有種遭人背叛的感覺。

「所以妳又是買給誰？洪叔叔？」我不死心繼續追問。

黃琳伸出右手狠狠對準我的頭頂就是一巴掌，「笨蛋，想也知道不是。」

我護著頭不滿地抗議道：「為什麼不能買給洪叔叔？妳很奇怪。」

「娜，所以妳到底買了什麼？刺激的嗎？」黃琳完全沒有要理會我的意思，勾起海娜的手把我遠遠拋在身後。

海娜有點不好意思地停下腳步，「等我一下喔，我也買了妳們兩個的。」語畢，從白色帆布包裡拿出兩個透明包裝的夾鏈袋。

「這是什麼？」我好奇地問，從海娜手中接過袋子，裡頭裝了一條黃色跟紫色粗繩編織而成像是手鍊的東西。

「剛剛來找妳們之前，我跟雨薇在一間編織店看到的，聽說這個編織手環戴在手上，等到手環掉的那一天願望就會實現喔。」

「我好像也聽說過這種許願繩。好好看喔！謝謝海娜。」黃琳迫不及待地把手鍊戴在手上，興奮地晃來晃去，「真希望它能趕快斷掉。」

「聽說戴這種手鍊的時候不能刻意打死結，但是也不能故意綁得太鬆。」說完海娜自己也綁上一條粉紫色的編織繩。

「白亮亮，要我幫妳綁嗎？」黃琳獲得許願繩心情大好，主動轉過身來關心我。

我輕輕擺了擺手，表示想要等到有願要許的時候再綁，謝過海娜後便小心翼翼地將手環收進錢包夾層。

兩個小時的自由活動一眨眼就結束，我跟黃琳不免都覺得有些掃興，不過想到班導說過她會守在飯店門口堵人，晚到一分鐘，回學校就是一圈操場外加一張高強度數學考卷，所以俗辣如我們還是聽話地趕在時間截止前回到飯店。

一進房間，濃濃的串燒味撲鼻而來，白富美一個人抱著一大袋十元炭烤還有用胖胖杯裝的珍珠奶茶，坐在床上狂嗑猛吸。

「白富美！妳會不會太誇張！妳這一包目測四百塊跑不掉喔。」我一面將身上的提袋擺到放置行李箱的櫃子上，一面對白富美驚人的吃相表達感嘆。

「今天晚上光是吃的她就花了一千多塊了。」愛麗絲坐在白富美身邊見怪不怪地說。

「才這一點東西算什麼？妳們如果還沒吃飽，冰箱裡面還有滷味跟古早味蛋糕，都出來玩了，當然要想吃什麼吃什麼啊。」白富美大口啃著雞胗口齒不清地說。

「我說妳可不可以不要吃得這麼粗魯，」我用力拍了白富美白白胖胖的手臂，「妳看啦，醬汁噴得到處都是，妳這樣今天晚上誰敢跟你睡啊！」

「反正又不是妳！愛麗絲什麼都沒說，就妳一堆意見！」

「妳們等一下有要幹嘛嗎？」黃琳無視我們的爭吵，從浴室悠悠地走出來小跑步到白富美身邊，伸手迅速地從袋中搶走一串豬血糕。

「什麼要幹嘛？」白富美歪著頭用牙齒扯下竹籤上最後一塊雞胗，「洗完澡繼續把剛剛買的東西吃完啊。」講得一副理所當然的模樣。

「那要不要來玩真心話大冒險？」黃琳一臉興奮地來回望著我們三人。

「我是沒差啦，反正我沒什麼祕密，妳們OK就玩啊。」白富美爽快地答應了，敢愛敢恨、心直口快是她一貫的作風。

「聽起來蠻好玩的！我也覺得畢旅的夜晚就要來點刺激的。」愛麗絲也點頭表示同意。

於是，在黃琳的一番鼓吹下，我們極有效率地在房間內展開了廝殺。

「我發誓遊戲過程中絕對不會有任何欺騙，並保證今天在這裡聽到的所有事情，離開這間房間後都會堅決保密。」

跟著黃琳照唸一次之後，大家便開始旋轉白富美為了遊戲特別清空的汽水瓶。

「在班上有討厭的人嗎？」當瓶子轉到白富美時，愛麗絲實在不知道要問什麼，最後決定先打了一記邊緣球。

「有。蘇靜瑜，愛耍心機的做作女。」白富美甚至連思考的動作都沒有就脫口而出。

「班上男生顏值排名前三名？」會問這種問題的人當然只有黃琳。

愛麗絲歪著頭苦思許久後紅著臉回應道：「呃……陳敬、袁東明，第三名一時想不到，暫且從缺。」

接下來幾次好巧不巧瓶子都碰巧轉到愛麗絲，這回又輪到白富美發問，她一開口就表示前面大家都太過溫和，現在開始要進入勁爆問題區間。

「愛麗絲接招，妳喜歡的人是誰？」問題一出，全場一片靜默，大家都把目光放在滿臉通紅的愛麗絲身上。

面對這個問題，我突然感到有些焦慮，不知道為什麼，有點害怕聽到愛麗絲的答案。

只見愛麗絲由原本的盤腿坐換成跪姿，又從跪姿轉換回盤腿坐，來來回回調整了好幾次，就是沒有要開口的意思。

「如果不想回答可以換成大冒險喔。」黃琳貼心地給出台階。

愛麗絲最終投降選擇大冒險，無奈出題權還是掌握在白富美手上。

白富美仗著自己天不怕地不怕，一點也不把風水輪流轉的道理放在眼裡，硬是出了個讓人進退兩難的指令：「妳現在打電話給陳敬問他的理想型，我倒是很好奇像陳敬這樣的男神會喜歡什麼樣的女生。」

「白富美妳超級狠。」黃琳在一旁興奮地起鬨。

迫於無奈，愛麗絲只好拿起手機撥通電話，並在白富美的要求下打開擴音。

只是響鈴過了很久，電話都沒有接通，所以黃琳便提議繼續進行遊戲，晚點再撥一次。

結果，好死不死瓶口以微小的差距轉到了我的右前方，愛麗絲暫且鬆了口氣。

「那麼換亮亮回答這題，妳喜歡誰？」愛麗絲也學起白富美開啟勁爆模式。

唉，我就知道今晚鐵定逃不過這個問題。

低著頭苦思一陣後只好弱弱地吐出一句：「我不知道……」

儘管我是真的不知道，更準確一點是不確定，但這個遊戲是絕不容許這樣的答案出現，所以我也只能硬著頭皮表示自己願意接受大冒險挑戰。

拿下出題權的白富美，不到一分鐘突然大吼大叫地拍手叫好：「天啊！我覺得我根本是天才，我想到一個超有趣的。」

不好的預感一但來了，就絕對不會讓我失望。

果不其然，白富美的八點檔腦袋一開始運轉任誰來都擋不住。

「因為愛麗絲剛剛還欠一個大冒險，所以妳們兩個現在同時進行……同時傳訊息給陳敬，然後把手機放到中間，陳敬先回誰，誰就獲勝。輸的那個人要再傳一封假的告白簡訊給陳敬當懲罰，而且到明天晚上以前都不能說自己是因為玩遊戲輸了才傳的。」

「被晚回還要被懲罰，白富美妳這招真的好狠喔，不過我喜歡。」黃琳在一旁興奮地扭來扭去，反正就是一副看熱鬧不嫌事大的模樣。

「傳什麼都沒關係嗎？」愛麗絲看上去已經認清現實，拿起手機看向魔鬼般的出題人。

「嗯哼，任何能讓陳敬快速回覆的內容都行。」

眼看愛麗絲已經打好訊息準備發送，我的打字欄卻仍舊還是空白的。

「白亮亮沒差啦，告白完隔天再跟他說妳是開玩笑的就好了啊。」比都還沒比就被黃琳這個損友唱衰。

最終，我給陳敬發出一句：「你在幹嘛？我好無聊。」

連我自己都覺得很沒創意。

只見愛麗絲一臉勝券在握的模樣，我也只能硬著頭皮交出手機。

訊息發出去的那一刻，時間彷彿瞬間靜止，我們四個人屏氣凝神圍著兩部手機，現場氣氛相當緊張，愛麗絲還伸出一隻手不安地摀住嘴巴。

「有沒有可能男生房已經玩嗨了，所以陳敬……」過了幾分鐘白富美突然開口，只是話都還沒說完，只見愛麗絲的手機螢幕跳出一條訊息通知。

陳敬：怎麼了？

「耶！我贏了！」愛麗絲興奮地高舉雙手大聲歡呼，「我跟他說：陳敬！陳敬！有急事，速回，非常急！」

可惡，高招啊！

在我懊惱自己怎會如此愚蠢，連這麼簡單的一句話都想不到時，我的手機螢幕突然在大家眼前亮了起來，只是這次不是訊息通知，語音來電的接聽滑軌頻頻閃爍。

「哇靠，這是什麼神展開。」

這通電話來得太過突然，在我愣在原地不知所措的時候，黃琳一個快狠準搶下手機迅速滑開通話鍵，然後沒有絲毫停頓俐落地遞到我面前。

「喂？」帶著淺淺鼻音的慵懶男聲自話筒流瀉而出。

「喂，那個……我、我是白亮亮。」在三雙銳利的眼睛盯著我看的情況下，我也只好硬著頭皮上，電話另一頭傳來陳敬明朗的笑聲，「我知道。因為妳說很無聊，我才打來的。」

聽到陳敬這麼說，白富美誇張地瞪大眼睛，望了一眼坐在身旁的愛麗絲，愛麗絲幾秒鐘前的燦爛笑容已然消散，微微蹙起眉頭，嘴角不自然地翹成詭異的形狀。

我抱著手機，腦袋裡的詞彙卻像被打亂的毛線，完全無法拼湊出一個完整的句子。

「我要說什麼？」稍微摀住話筒，我焦急地用氣音向黃琳求助。

「我喜歡你。快點說啊，妳的懲罰。」

黃琳跟白富美挽著對方幸災樂禍地衝著我傻笑。

唉，我一定是瘋了才會答應玩這個遊戲，本來只要傳一封訊息就可以了事的懲罰，陳敬這通電話來得真不是時候。

見我沉默太久，陳敬再次出聲，依然不慢不急慵懶沉穩的語調：「喂？白目亮？妳有在聽嗎？」

「快點說啊！」白富美怕是擔心我沉默太久陳敬會察覺有異，急得整個人趴到我跟前，煩躁地不斷用手拍打我的膝蓋。

好吧，既然都要死，就死得痛快一點、乾脆一點，我用力呼了一口氣握住白富美在我腿上拍來掃去的鹹豬手，對著電話抱著破釜沉舟的決心，雙眼一閉一鼓作氣：「陳敬，我喜歡你！」沒有半點停頓，也絲毫不扭捏，話一說完我就馬上按下結束通話。

掛上電話的那一刻，我覺得自己簡直帥呆了，黃琳和白富美對我豎起大拇指：「願賭服輸乾淨俐落，白亮亮我對妳刮目相看！」白富美心情大好，從行李箱裡掏出足夠我們四人吃上一個禮拜的零食。

不過這份喜悅並沒有持續太久，大概不到五分鐘我就開始後悔。遊戲一直持續到深夜，直到愛麗絲終於受不了睡意的侵擾，直接倒頭將自己埋進被子裡睡著，黃琳跟白富美還意猶未盡坐在床上聊天，我卻始終無法靜下心來，頻頻點開手機查看，風平浪靜的訊息欄叫我坐立難安。真的，哪怕只有一張貼圖、一個問號都好，結束那通電話以後，陳敬卻一句話也沒說，什麼反應都沒有，就像什麼都沒發生一樣。

此刻，我多想馬上衝到陳敬面前告訴他，剛才的一切都只是場遊戲，可心裡又忍不住期待，在我說破之前他會給出什麼樣的答案。

只是，直到寢室熄燈為止，我依舊沒有收到陳敬的回覆。

任何惱人的事情沉澱一夜，不是越理越亂，就是煩上加煩。

躺在床上輾轉難眠一整夜，滿腦子都在思考見到陳敬以後該怎麼應對。白富美這個肇事者，倒是幸福美滿地睡了個香香甜甜的好覺，響徹雲霄的打呼聲估計隔壁房間都聽得一清二楚，一早起來還眨著惺忪睡眼天真地問我，「白亮亮，妳怎麼氣色這麼糟？是低血糖嗎？」

我真的差點氣到把她行李箱的洋芋片，全部倒出來沖馬桶。

沮喪歸沮喪，該來的終究還是躲不掉，雖然我在腦海中模擬過無數次今天見到陳敬後該說些什麼，但是當那個高挑的身影出現在餐廳門口時，我還是忍不住後退兩步躲到黃琳身後。

唯一值得慶幸的是我們的桌位不同，只要小心一點，基本上不會有什麼正面交鋒的機會。

呵呵，才剛有這個想法，自以為穩妥地走去夾剛出爐的培根，陳敬竟突然和幾個熱音社的朋友從轉角走了出來，明明出發前我還再三確認陳敬的動向，確認他已經清空盤子裡的食物起身走向電梯，萬萬沒想到他竟又出現在這裡。

白亮亮，冷靜，莫急莫慌莫害怕。

這種時候也只能選擇正面迎擊，如果退縮豈不是此地無銀三百兩？只要再撐一下就可以解釋昨天晚上發生的一切都只是遊戲而已。

再說，現在的情勢不是你尷尬，就是我尷尬，那還不如乾脆一點，大家一起尷尬。

「嗨！哈哈好巧喔，早安啊。」做了一番心理建設後，我掛著燦爛的笑容，對著迎面走來的一行人熱情揮手。

「早啊，白亮亮。」出乎意料的是，陳敬臉上絲毫沒有任何不自然的表情，就像平常一樣嘻嘻哈哈地跟我打招呼，反倒是他身邊的幾個朋友似乎被我過於熱情的問候給嚇了一跳，社長黃浩平喬了喬鼻梁上的細框眼鏡，對著身旁的平頭鍵盤手露出一個似笑非笑的表情。

好吧，原來尷尬的還是只有我。遊戲結束，白亮亮慘敗。

陳敬毫無波瀾地跟我打過招呼後，就隨著熱音社的朋友們有說有笑地走遠，徒留我一個人傻愣在原地，直到回到座位區，才發現握在手中的盤子依然還是空的。

「白亮亮，妳怎麼去那麼久。」才剛坐下，就看到黃琳臉色鐵青地扶著額頭，很懊惱的樣子。

「還不是昨天玩那個什麼鬼遊戲，害我剛剛……」話說到一半察覺氛圍實在有些詭異，我識相地摸摸鼻子低聲問道：「怎麼了？我不在的時候有發生什麼事嗎？」

黃琳兩手一攤用力嘆了口氣，「嗯，發生了非常不妙的事。」依我對黃琳的了解，一定是發生了什麼了不得的大事，才會讓她露出這種表情，我吞了口口水忍不住跟著緊張起來。

「亮亮，吳書豪剛剛好像在找你喔。」白富美端著滿滿一盤吐司，小心翼翼穿過椅背後方窄小的通道走回我身旁的座位。

「找我？」我疑惑地轉頭看向黃琳：「到底怎麼回事？」

不好的預感再次襲上心頭，並且又一次證實它重來不會讓我失望的事實。

「吳書豪你認真覺得這樣可行？」黃琳雙手叉腰，語氣裡滿是不信任，吳書豪嘆了口氣無奈地說：「不行也得行啊，不然妳們有其他更好的辦法嗎？」

上午的沙灘排球賽結束後，緊接著是鵝鑾鼻燈塔的行程，拍完團體照大仁哥很守信用地留給大家三十分鐘自由活動時間，同學們都興高采烈地四處拍照留念，我和黃琳還有吳書豪卻沒有這般閒功夫和心情，三個人哭喪著臉蹲坐在休息區的台階上商討對策。

吳書豪一大早便神色緊張地跑來通知我們，袁東明昨天晚上高燒不退，凌晨吃過感冒藥後依然很不舒服，擔心他身體狀況惡化，隨行的保健室阿姨提議帶他先去附近的大醫院就診，本來以為中午過後就能歸隊，沒想到到現在都還沒看到人。

距離畢業晚會開始只剩不到三小時的時間，如果再不趕快想備案，今天晚上的演出怕是要開天窗了。

「跟學生會的人說明一下狀況，應該可以換人吧？」考慮到袁東明極有可能趕不回來，我們目前唯一想到的辦法，只有讓吳書豪頂替袁東明的位置上場，但吳書豪原本就五音不全，現在還要他在三個小時內練到可以上台表演的水準，根本癡人說夢。

「那個……我有一個大膽的想法，」考慮了許久，我還是覺得除此之外，應該沒有更好的方法了。

「我們問問看班上唱歌比較好聽的男生，願不願意代替袁東明上場呢？」

本以為這會是不錯的提議，沒想到先後問了幾個男同學，不是不會唱這首歌，就是歌路不符唱起來坑坑疤疤的。

晚餐結束，所有要表演的同學都自發聚集到會場進行彩排，表演者們換上華麗的演出服笑容滿面地相互交談，我們三個卻像打了敗仗的士兵，垂頭喪氣地聚在角落。

「怎麼會連一個能唱的都沒有。」黃琳跟吳書豪無力地蹲坐在地，淺藍色的牛仔褲沾上草地上的泥土變得斑斑點點也毫不在意。

「沒事啦，大不了我一個人唱，只是沒有和音部分而已，還是行得通的。」我故作開朗地蹲下身安慰心情低落的隊友。

「我來代替袁東明吧。」

我有點不敢相信自己的耳朵，所以愣在原地遲遲沒有做出回應，直到黃琳訝異地喊了出聲，才跟著緩緩抬起頭來，熟悉的純白運動鞋出現眼前，我的目光順著那雙修長的腿往上移動，只見陳敬換上一套淺藍色休閒西裝，肩上背了把吉他，臉上掛著一貫從容的微笑。

「這首歌不太好唱，沒有排練過……你真的可以嗎？」黃琳一掃臉上的陰霾，拉著我激動地站起身。

「我之前有練過這首歌，現在還有四十分鐘的時間可以排練，如果你們覺得可行，我就跟你們一起上，畢竟現在也沒有更好的辦法了，事關班級榮譽嘛。」陳敬喬了喬肩膀上的背帶，笑著看向我：「如果你們願意相信我的話。」

「相信！我們當然相信你！」黃琳搶在我之前點頭回應，吳書豪也在一旁連聲附和道：「有了主唱大大的加入，今天晚上的鹹酥雞跟珍奶我們班是吃定了！」

陳敬的加入確實堪比一場救命的及時雨，不可能有比這更圓滿的解決辦法。

「好！我待會去和學生會的負責人說明一下情況。」

經過陳敬的一番交涉，學生會體諒我們有特殊情況，特別網開一面讓我們更改表演名單，這個結果固然令人開心，開始排練後又不是這麼一回事了。

雖說陳敬的歌唱實力了得、舞台經驗豐富，但是對唱歌曲要唱得好，默契佔了很大一部分，偏偏我只要一想到要在全校同學面前演出，就緊張得頻頻出錯。

反觀陳敬很快就進入狀況，除了努力記熟歌詞以外還要配合我不是很穩定的和音，他始終不慌不忙，耐心地陪著我們練習，陳敬身上總是帶著一種凡事都能大事化小，小事化無的從容，再大的事擺在他眼前好像都有辦法沉著應對。

「白亮亮，等一下上台放輕鬆，照平常練習時那樣就好。」四十分鐘的練習時間很快便結束了，同學們開始陸續進入會場，表演者被集中到舞台旁邊的準備區，黃琳坐在我身邊不斷轉頭提醒我上台不要太過緊張以免失常。

偏偏緊不緊張不是嘴巴說說就能輕易控制的，直到工作人員提醒我們該到後台區準備為止，我一直處在恍神狀態，只要一想到剛剛彩排時漏洞百出的和音，就讓我無法冷靜下來，喉嚨有如扭緊發條的音樂盒，發出來的聲音又尖又細，一點也不好聽。

「要不要喝點水，妳嘴唇好白喔。」後台的工作人員貼心的遞了一罐礦泉水給我。

「謝謝。」接過礦泉水，我尷尬地笑了笑。

「聽我這邊，下一組表演完就換你們上場，跟彩排的時候一樣右邊上左邊下不要卡到動線，麥克風工作人員都會幫你們架好，千萬注意開關都不要動，麥架也盡量不要移位……」

一連串的注意事項，連珠砲似地打入耳道，我的心臟像是收到什麼緊急指令一樣「咚咚咚」的不斷撞擊左邊胸壁，台上同學激情四射地演唱前陣子很流行的饒舌歌曲，現場音樂和歡呼聲交融在一塊兒，我卻無法像大家一樣融入其中，有種整個人被抽空的感覺，耳膜只聽得見心臟瘋狂躁動的聲音……

突然，一陣暖意從頭頂開始蔓延。

「白亮亮，看我。」

溫熱的氣息染上耳梢，讓我忍不住打了個顫，有如大夢初醒，主持人明亮甜美的聲音轉瞬間由模糊轉為清晰。

我輕輕把頭轉向聲源，頭頂上的暖意卻依舊沒有散去。

「抬起頭，看著我。」低沉平穩的聲音入耳，無比溫柔的發號施令，我聽話地抬起頭來接上陳敬閃爍的目光，只見他微微彎下身，在一個剛剛好的位置，舞台光越過背板暈映在他稜角分明的側臉，深棕色眼眸在光影的交互作用下變成清澈透明的琥珀色，望著陳敬瞳孔裡的自己，我忽然覺得好陌生。

「白亮亮，我在呢，別緊張。」陳敬沒有移開放在我頭頂上的手掌，我發現，自己其實很喜歡聽他喊我名字時，喉嚨輕顫的尾音，宛若肌膚溝壑裡爬行的螞蟻，彷彿掃落眼睫翩然翻落的櫻花雨，讓我聽著莫名眼眶濕潤。

「有我在。」他說。

好似……在心上灑落一盤色彩斑斕的玻璃珠。

我努力壓抑想要一把抱住眼前男孩的衝動。

「陳敬！」我輕聲喚道，雙手不由自主的搭上他厚實的肩膀，「你可不可以確認一下？」

「確認……什麼？」陳敬被我突如其來的舉動嚇了一跳，先是後退了一步，又像是怕我摔倒，雙手在我的腰際隔空圈成一個保護網。

看著他臉頰泛起的淡淡紅暈，我眨了眨眼睛，直勾勾地盯著他的雙眼：「你確認一下……我的瞳孔……有放大嗎？」

「要怎麼……看啊？」陳敬沒有問我為什麼，歪著頭有些呆萌地盯著我的眼睛。

「你仔細看，我看著你的時候，瞳孔有沒有什麼變化？」我刻意閉上眼再睜開，好讓陳敬能看得清楚一點。

陳敬再次彎下身來，甚至比剛才還要更加靠近，蓬鬆柔軟的瀏海撓得我額頭發癢。

他微微瞇起眼睛，像是兩道彎彎的下弦月，酒窩不知道什麼時候開始，又神不知鬼不覺地高掛在那張乾淨的臉龐上。

只是還來不及等到陳敬的回答，吳書豪忽然猛一轉身：「欸，他們表演結束了！該我們上場。」嚇得陳敬往後倒退好大一步，差點被堆放在身後的樂器絆倒。

「現在就讓我們掌聲歡迎二年五班的同學為我們帶來這首〈你的行李〉。」

「白亮亮不要緊張，把台下的同學當馬鈴薯就好！」黃琳的聲音跟主持人交疊在一起，語音未落工作人員就匆匆推著我們上台。

黃琳跟吳書豪走在前方，陳敬則是緊跟在我身後。

一踏上舞台，刺眼的舞臺照明再次讓我感到暈眩，台下傳來此起彼落的議論，大家似乎都對陳敬的出現感到好奇，嘈雜的會場搞得我頭皮發麻、冷汗直冒，完全無法直視台下同學，只能低著頭盯著腳尖試圖讓自己儘速冷靜下來。

陳敬測試好吉他音量轉過頭來注視著我，因為過度緊張的關係造成我的臉部肌肉不斷抽搐，所以並沒有回覆他的目光，只是不斷反覆著深呼吸的動作。

陳敬突然伸出手來關掉我面前的麥克風開關，目光依舊沒有從我身上移開，而後，他側過身來在我耳邊輕聲丟下一句話。

在我訝異的「啊」了一聲後，他俐落地再次開啟麥克風，衝著我燦爛笑了一下，伴隨著定音鼓的節奏開始第一小節的演奏。

台下傳來爆裂式的歡呼聲，他的嘴角勾起一抹令人捉模不透的笑意，望著那張有著俐落線條卻仍不失柔和的側臉，彷彿有人刻意調慢了時間，我被擱置在一望無際的草原，陳敬站在草原正中央迎著徐徐暖風深情演唱，周圍沒有任何人圍觀，沒有鼓掌、沒有歡呼、沒有喋喋不休的交談，就只有我和他佇立於此，彼此相隔很遠很遠，我伸出手來妄想替他擋去刺眼的光，他卻閉上雙眼任陽光灑落在那張俊秀的臉龐。

而後，我緩緩張開雙唇吐出與他搭調的旋律，他睜開雙眼溫柔的接上我的目光，閃爍的光束將他整個人包進耀眼的銀河之中。

而後，我下定決心悄悄向他靠近，他沒有閃避，我們終於站到了一起，在那片一望無際的沙灘上，任海風吹亂了頭髮。

而後，我彷彿聽到了那天在路邊的冰淇淋專賣店，他輕喚我的名字想替我買一支清涼解暑的霜淇淋，那略帶輕顫的喉音讓我瞬間紅了眼眶，稚氣的臉龐上掛的是那對熟悉的酒窩，嘴角彎起的弧度、深棕色的眼瞳以及眉宇間的從容……

其實我不是沒有懷疑過，只是找不到任何能夠說服自己相信的理由。

回程的遊覽車上我們玩了一個遊戲，班長收集全班同學的兒時照片，透過遊覽車上的電視播放出來。

站在海濱踏浪的小男孩，讓大家想破了頭。

我卻一眼就認出……

他，就是我記憶中的那個男孩。

第十章　為你寫一首名為閃亮的歌

畢旅落幕後，轉眼便迎來期中考試，那天的晚會表演結束我與陳敬之間就像什麼也沒發生一樣，除了日常打鬧外完全沒有任何進展。

其實我一直很想問他在舞台上的那句話到底是什麼意思？把人搞得這樣心神不寧卻又一副若無其事的模樣又是什麼意思？

在我站在台上緊張得幾乎喘不過氣來的時候，他在我耳邊丟下的那一句——

我、一、直、都、很、喜、歡。

只有主詞沒有受詞的語句到底是什、麼、意、思？

我真的想到快要發瘋。

期中考後的某個週末下午，我再也忍不住，帶著月亮圖騰的鐵盒衝到陳敬上班的便利商店堵人。

「白亮亮！」見到我陳敬很是驚訝，「妳等我一下，我快下班了。」

走出便利商店，陳敬從後背包裡拿出一罐草莓牛奶貼在我臉上：「吶，這是新品喔。」我接下後，陳敬自己也從後背包裡拿出一瓶巧克力調味乳。

「我肚子餓了，今天上班差點睡過頭沒吃早餐就出門。」

「午餐呢？」

「兩個御飯糰，根本不夠塞牙縫。」陳敬三兩下就把巧克力牛奶喝個精光，轉頭對我說：「白亮亮，剪刀、石頭、布。」

大腦還沒反應過來我的手卻很自動地比出石頭的手勢，陳敬收起舉在半空中的剪刀，笑得異常燦爛：「好吧妳贏了！一到十選一個數字。」

「五。」我應該是天底下最配合陳敬不按牌理出牌的人，「選這個要幹嘛？」

「左邊、右邊還是直走？」陳敬沒有理會我的疑惑又接著問。

「啊，那就……右邊好了。」

「收到！」語畢，陳敬便拉著我在街口處右轉，「一。」經過轉角的連鎖咖啡廳陳敬數道。

「二。」這次是平價義大利麵餐廳。

「三。」小火鍋店。

「四。」黃琳最愛的美式漢堡。

「五。」數到五碰巧是一間韓食館，陳敬在餐廳門口停下腳步：「到了！我們就吃這個吧。」

「什麼嘛，我又沒有說要跟你吃晚餐。」我沒好氣地看著一臉興奮的陳敬。

「別這樣說嘛，哥最近剛領薪水，妳確定不吃？」

「嗯，辣炒年糕跟石鍋拌飯都各點一份吧！我最近也蠻想吃海鮮煎餅的，啊！炸雞炸雞我們也點炸雞好不好？」

陳敬眼帶笑意地走進店裡，深怕他突然反悔的我緊跟在後。

「你不好奇我今天為什麼突然來找你嗎？」吃完最後一塊炒年糕我忍不住問道，到現在為止我一直在找一個適當的時機開口。

「我以為妳只是無聊了。」陳敬笑著放下筷子。

我用力吸了一口氣：「那個……雖然有點突然，我想了很久還是覺得應該要找你聊聊。……我們其實很久以前就認識了，對吧？」

陳敬臉上閃過一絲驚慌，而後迅速掛上笑容，擺出一臉我不知道妳在說什麼的表情。

我緩緩從書包裡拿出鐵盒遞到他眼前，「你早就認出我了，對不對？那件事發生後……我患了解離性失憶症，但是……陳敬……你應該全部都記得吧？讓你左手受傷的人，那個人……就是小時候的我，對嗎？」

陳敬放下手中喝了一半的決明子茶接過鐵盒，在他拿出那張我們兩個同框對著鏡頭燦笑的野餐照時，眼角閃過一抹罕見的不安，我注視著他閃爍的表情靜靜等候他的回答。

「我只是想知道真相。」

見陳敬久久沒有回應，我接著說：「在釜山開民宿的堂哥應該就是我姊姊十年前的男朋友。那場事故發生之後，你們……堂哥，或許……」

「是因為那件事才去韓國的嗎？你是怕我想起那天不好的事才遲遲沒有跟我相認的？對不起，我知道很唐突……但我只是……想要知道真相。」

面對我一連串的發問，陳敬輕輕將鐵盒蓋上，一陣沉默後，他緩緩開口：「那件事發生以後，他沒有再愛過任何人，也從來沒有忘記過妳姊姊的事……所以，妳……能不能只要知道這些就好。」比起陳述事實，陳敬看上去更像在請求。

「堂哥他……不可能是幫派份子，不可能販毒的……對吧？」

今天來找陳敬前，我反覆思索著在問這個問題時，該用什麼樣的語氣跟表情，畢竟當初的社會輿論、媒體報導勢必也對陳敬一家帶來不小的影響，才會讓他們搬離一直以來生活的地方。

「如果是的話，妳會怎麼想？」

「蛤？」我想都沒想過陳敬會這樣回答。

我以為他會一如既往地笑著告訴我一切都是誤會，堂哥才不可能是什麼幫派份子，更不可能會去販毒。

只是他卻抬起頭來，高掛的酒窩早已消失無蹤，說真的我還是第一次看到他露出如此黯然的神色。

若陳敬的堂哥是幫派份子，那麼……我會怎麼想？

「如果我真的有個販毒又是幫派幹部的堂哥，妳會怎麼想？」氣氛突然變得緊張，我一時間不知道該如何回答，因為我真的從來沒有想過這個問題，一直以來我始終相信照片裡溫柔深情的男子，絕不可能會是幫派份子，一切都只是誤會一場。

「我……我不知道。」

如果堂哥真的是毒販，那麼姊姊的死就是他間接造成的，是他害死了我唯一的姊姊。

但是，就算事實真是這樣也是堂哥的錯，跟陳敬一點關係也沒有。

這是我心裡最真實的想法，只是看著眼前黯然神傷的男孩我卻一個字也說不出口。

＊

那天以後，我總覺得陳敬變得有些不同，卻又說不出是哪裡不一樣。

每天到學校還是能看到他嬉皮笑臉地向我打招呼，偶爾還是會做一些幼稚的舉動讓我氣得牙癢癢，但就是有種這些好像都是他刻意偽裝出來的感覺。

我發現他看著窗外發呆的時間變多了，雖然身邊總是圍繞著許多朋友，偶爾見他一個人的時候卻老是垂著嘴角。

陳敬的改變讓我感到不安，一方面又覺得或許是自己多慮了，因為除了我之外，似乎沒有人覺得陳敬與以往有什麼不一樣。

期末將近，為了即將升上高三的我們，學校舉辦了許多升學講座，同學們茶餘飯後的話題，也漸漸變成討論彼此大學想念的學校科系。

「白亮亮，妳大學想念哪裡？」某天午休時間結束，陳敬突然單手托腮若有所思地問我。

「嗯，台北的大學都好，科系到是沒什麼想法。」

陳敬點了點頭沒有接話，將目光轉回桌上那本翻爛的樂譜。

我沒有反問陳敬想讀什麼大學，我害怕問了以後他會給出使我心碎的答案，只是現在回想起來當初就應該問出口的，就算當下會很難過也比之後後悔莫及要來得好多了。

因為期末考那天，陳敬沒有出現。

隔天也沒有。

後天，依然沒有……

直到學期結束那天，班導站在講台上講解完暑期輔導的進度安排後，才娓娓說道：「同學們，老師知道這件事會讓你們覺得很難過，陳敬同學也不希望影響到同學們的心情，所以讓我在學期結束後再告訴大家。陳敬同學的父親在三週前過世了，因此他不會跟大家一起留在台灣準備考試，會轉回韓國的學校繼續準備升學，也希望同學們……」

接下來老師的話，我一個字也聽不進去。

陳敬離開了？

就這樣走了……

怎麼可以這樣。

甚至連一句再見也沒有。

我顫抖著點開遲遲未收到回覆的訊息。

06.24

白亮亮：欸，你今天怎麼沒來？

白亮亮：我這學期排名要贏你了喔，哇哈哈。

06.25

白亮亮：訊息不回！王八蛋。

06.26

白亮亮：陳敬，你生病了嗎？身體不舒服？還是出了什麼事嗎？

06.27

白亮亮：你今天沒上班？我今天去附近吃飯，沒看到你在店裡。

白亮亮：上次我們去的那間韓食館旁邊開了一間牛肉麵店喔。

依舊沒有任何回覆，甚至連已讀都沒有。

「他上個禮拜就離職了，他沒跟你說嗎？」威力露出不可思議的表情。

「他轉學回韓國了嗎？我沒有聽說欸！」熱音社社長黃浩平一臉驚恐地看著我，表示自己對於陳敬的離開同樣一無所知。

您撥的電話無人接聽，請稍後再撥。電話那頭傳來毫無起伏的機械式回應，不管撥了幾次結果都是一樣。

無論什麼樣的方法我都試過了，可就是找不到他。

陳敬走得無聲無息，就跟來時一樣。

最讓我無法理解的是他怎麼能夠一聲不響地就消失，怎麼可以把人搞得這樣心煩意亂，然後一點也不負責任地撒手走人。

陳敬果然就是個超級無敵宇宙霹靂王八蛋。

「白亮亮，差不多就好了。陳敬一定也有自己的理由才會這樣做，或是他不想影響妳的考試心情，過一陣子就會聯絡妳了，振作振作好好準備考試吧，妳看人家愛麗絲都已經走出情傷開始拼學測了。」黃琳語重心長地安慰我。

高三上學期正式拉開序幕，座位重新安排過後，教室裡再也沒有一個為陳敬保留的空位，彷彿他真的，從來沒有出現過一樣。

某天放學海娜匆匆忙忙拿給我一個用牛皮紙袋包著的小包裹：「亮亮，這是吳智凱讓我拿給你的，吳叔叔告訴他一定要馬上交到妳手上，結果他竟然放了整整一個暑假才給我，真的很抱歉。」

「吳叔叔？」我突然想起出院那天，在醫院長廊上看到的熟悉背影。

我甚至連吳叔叔今天有沒有到醫院上班、在哪裡可以找到他都不知道，就慌慌張張地跑到醫院，多虧海娜察覺我的異狀跟著我一起趕到醫院：「海娜，我可以拜託妳一件事嗎？我現在急著找吳醫生，我應該到哪裡才能遇到他呢？」我急得都快哭出來了，紅著眼眶握緊海娜的手懇切地問道。

海娜見我這樣不捨地一把抱住我：「妳先冷靜一下，我來想辦法。」

等了大約半小時，我在會客室裡如坐針氈，終於等到吳叔叔穿著一身白袍走了進來：「妳就是亮亮吧。」

我抬起頭來望向吳叔叔，「吳醫生，您是不是認識一位叫做陳敬的男同學？」雖然見到吳叔叔之前我已經做了無數次準備，只是在提到陳敬的名字時還是忍不住哽咽。

吳叔叔微微頷首，緩步走到我對面的位置落座：「他離開前托我一定要把一個包裹拿給妳，不知道妳有沒有收到？」

「今天收到了。」我握緊拳頭接著問：「陳敬他……是不是生病了？」

只見吳叔叔擺擺手輕輕笑了一下：「不是妳想的這樣。」

「那麼是為什麼呢？」叔叔怎麼會認識陳敬呢？

「這種事情照理來說我應該不能隨便說的，但是我覺得如果是妳的話，陳敬應該不會怪我。」吳叔叔拉開易拉罐的拉環，濃濃的咖啡香瞬間瀰漫整間會客室：「陳敬回來台灣唸書的原因是因為他父親住院了，碰巧是我負責的病患，出獄那天被幫派份子惡意尋仇撞得昏迷不醒。」

「陳敬之所以會跟堂哥一家人到韓國生活，也是因為很小的時候他父親就因為毒品交易被捕入獄，那時候妳們都還小，有一陣子新聞鬧得沸沸揚揚，關於曹山幫的販毒走私——陳敬的父親也是其中一員。」

吳叔叔的話對我而言宛若一記重擊。

「如果我真的有個販毒又是幫派幹部的堂哥，妳會怎麼想？」

那天陳敬落寞的神情又一次浮現腦海。

難道是因為我的沉默，才讓他選擇離開的嗎……

「那陣子出了一連串案件，幾乎全跟曹山幫有關，包括陳敬在釜山開民宿的親戚也被捲入其中，環東路口連環車禍，不知道妳有沒有聽過？我也是在認識陳敬以後才知道那場事故的真相與細節，因為陳敬的父親曾經跟陳敬叔叔借過家用車，車牌跟車型被對方記了下來，所以陳敬的堂哥那天開車出門才會被盯上，出事之後副駕駛座的女大學生當場死亡，沒想到輿論卻是一面倒，陳敬堂哥莫名其妙就變成販毒的罪人……」

之後，吳叔叔又對我說了許多關於陳敬的事，只是他口中的那個男孩卻與我記憶中陽光燦爛的模樣相去甚遠，在我面前的陳敬總是帶著一抹對什麼事情都漫不經心的微笑，直到今天我才知道很多時候，他表現出來的樣子其實都是偽裝……

「妳也別太責怪陳敬了，畢竟這種事太難交代清楚，或許就是因為如此他才選擇離開的吧。」離開前吳叔叔這樣對我說。

為什麼明明我們都是受害者，你卻要把所有責任扛在自己身上？

為什麼明明你也受傷了，卻總是在我面前裝得一副什麼都無所謂的模樣？

回家之後我趴在床上一動也不想動，眼淚不聽使喚地順著鼻翼流至唇邊。

「如果真的是這樣，妳會怎麼想？」

那天的場景在腦海裡無限重播，陳敬受傷的表情、顫抖的聲音，只要一想到這些左邊胸口便隱隱作痛起來。

我拆開從海娜手中拿到的小包裹，紙袋裡掉出一個黑色的隨身聽。

淚眼矇矓間我緩緩按下播放鍵。

「咳咳，突然要錄這個好尷尬哈哈，不過這是我答應妳的，所以白亮亮妳給我聽好囉，這可是我熬了好幾個晚上才填好的歌，作為粉絲福利就特別給妳特權當我第一個聽眾吧。」開場，一貫嬉皮笑臉的語氣。

要是平時的我聽到這裡一定會毫不猶豫地翻個白眼，只是現在我多麼希望待在我身邊的，不要只是冰冷的隨身聽。

「或許找不到傷心的理由，或許妳不曾為我難過。
還好他不像我，沒有事與願違的時候。
還好他才能左右你的笑容，所以我離開以後妳還能笑著揮手。
那就祝福我，我深愛的朋友。

還記得我們小時候，妳握著我的手，牽著我一起走。
我以為這就是永久，說什麼妳會懂我當時的感受。
唯一能夠為妳做，對我最大的寬容，是我在世界盡頭盡情和妳相擁。
世界如此遼闊，我的心為妳顫動。
等到妳認出我的時候，我會放手淚流還是擁妳入懷中。
退回黑暗之後我還能做什麼？
因妳而閃亮的夜空我注定無法擁有。
所以原諒我，最閃亮的朋友。
那就祝福我，最閃亮的朋友。」

陳敬慵懶沉穩的歌聲從小小的隨身聽裡流洩而出，讓我再也忍不住情緒抱著枕頭放聲大哭：

「陳敬，你這個王八蛋！王八蛋！」

說到底，究竟是我的遲鈍錯過了這段感情——

還是我們注定走不到一起？

學測結束我的數學毫無疑問地考砸了，文科倒是維持水準之上，所以我填上了某間老牌私立大學的中文系，算是給了老媽一個交代。

黃琳跟海娜兩個資優生有幸再續前緣，考上同一所位於台北市的頂尖大學，黃琳成為資管系夯姐、海娜則是企管系女神，只不過兩大正妹在升上大一那年雙雙死會。

威力在畢業典禮上演一場讓黃琳哭得一把鼻涕一把眼淚的真情告白，海娜也是毫不令人意外地與吳智凱確認情侶關係。

兩位好友情場、學業雙雙得意，生為死黨的我當然很替她們感到開心。

只是這之中，當然也會有一些讓我哭笑不得的插曲。

例如在威力和黃琳開始交往的那天，我突然接到一通電話，來電人正是我的前暗戀對象——袁東明。

我非常講義氣地不到十分鐘就出現在袁東明傳給我的地址，到場時他已然喝得醉茫茫，袁東明考上新竹一間非常有名的學校甚至還是電機系，照理來說應該要很開心才對，會讓他這樣失魂落魄當然只有一個理由——失戀。

「好，我今天就陪你喝個夠，起疹子什麼的都管他去死。」我毫不猶豫地從冰箱裡又拿出兩瓶啤酒。

沒想到袁東明卻開始哭哭啼啼起來：「亮亮，我哪裡不好？我真的……喜歡黃琳好久好久了……」

我抽了幾張衛生紙放到他面前：「你沒有不好，你超好的，又帥、又會念書、還多才多藝，大學一定會遇到更適合你的對象，你只是需要時間而已。」雖然表面上是說給袁東明聽，其實某一部分也是在說給我自己聽，失戀真的沒什麼，我們只是需要時間，需要時間去忘記那個永遠都不會屬於我們的人。

「時間什麼的都馬是自欺欺人，亮亮，我放不下……我真的放不下……」袁東明怕是真的喝多了，看著他這樣不知道為什麼我也跟著哽咽了起來。

「放不下也必須放下，已經結束了，告訴自己辛苦了，我們……都努力過了，真的辛苦……了。」

或許袁東明是真的努力過了，但是我呢？

對於陳敬我從來都不是辛苦的那個人，也正是因為這樣所以在錯過他以後，我才會感到如此痛苦吧。

我知道自己喜歡陳敬，卻從來沒有認真掂量過這份感情，自從他離開以後，我才意識到，原來這份喜歡超乎想像的強烈，強烈的令我難以招架。

以前每天到學校，就能見到嬉皮笑臉的陳敬在我周圍轉來轉去，可現在空蕩的大學校園裡，不再出現他的身影。

那間不大也不小的超商，換過幾個店員，制式化的歡迎光臨不管換誰來說，都是一貫公事公辦的語氣。

公車靠站，看著來來往往的乘客上車又下車，那個酒窩高掛的男孩卻不再嬉皮笑臉地走到我身旁的空位，就算疲倦地靠在椅背上耐不住落下幾滴眼淚，奈何淚眼矇矓間，也再找不到任何與他有關的風景。

好幾次我沒忍住，一個人跑到機場大廳，幻想著或許這裡有他離開時留下的痕跡，又或許，就是這麼巧，風塵僕僕的他會拖著行李，笑著，再一次走向我。

不過這一切，當然都沒有發生。

陳敬悄無聲息地離開了，就如當初一聲不響地闖入我的生命，直到我發現自己已經習慣了每天平凡的打鬧、習慣了受委屈時身邊有個為我抱不平的他，那個願意為了我義無反顧的男孩，在我最徬徨無助的時候寬容地張開雙臂，為我圈起一個舒適安穩的避風港，而他的離開宛如拍打上岸的浪潮，浪潮退去，連帶我心裡的某一部分也隨之遠航。

我曾試著打電話到釜山帥哥旅店，無奈卻怎麼也打不通。大二暑假，我憑藉半工半讀辛苦存下來的薪水硬是拖著黃琳舊地重遊，海雲台的海水湛藍依舊，可威尼斯紅的建築變成無聊平淡的灰白色，在豆腐鍋專賣店的門口，我蹲坐在地抱著膝蓋大哭一場，黃琳痛罵陳敬是個沒血沒淚的傢伙，讓我借著這次旅行的機會痛快玩一場，然後徹底忘了他。

「白亮亮，妳就當是青春痛！都兩年了我拜託妳，就放過自己，忘了他吧，回台灣姊姊介紹比陳敬更帥、更體貼、更高、更好、更有才華的男生給你。」就連黃琳都知道，要想超越陳敬必須要有這麼多的「更好」才行。

雖然表面上裝作有骨氣的配合，可是我心知肚明，陳敬在我心裡的位置，是沒有任何人可以取代的。

曾經我以為，喜歡一個人，是願意為了他變成更好的自己，但其實，喜歡一個對的人，他會讓你知道如何做最真實的自己。

對我而言，陳敬就是那個對的人，而和他在一起的白亮亮，就是最好的白亮亮。

*

我開始愛上看樂團演出。被拉去湊人數的聯誼會上，資管系的學長向我遞出兩張地下樂團公演的門票，表演結束陽光清新的主唱走下舞台，抱給我一束學長提前準備好的告白花束，在全場的鼓譟下我強忍著鼻酸，笑著收下玫瑰。學長以為我被他精心準備的告白感動，在人潮散去後，對著我開始一場長篇大論的告白。

告白終了，我禮貌地向學長表達感謝，在學長的尷尬與震驚中，婉拒了他的心意。

不知道是誰寫下的公式，儘管我已表示可以自己搭公車回家，學長還是堅持並沉浸在自己被拒絕還依舊保持風度的氛圍中，而後我們在我家門口禮貌地道別，學長表示自己還不想放棄，我則默默在心裡希望再也不要見面。

回到房間，我抱著陳敬留給我的隨身聽蹲坐在地哭了許久，為什麼明明被告白了，心裡卻覺得好空虛，收到玫瑰的女孩該有什麼樣的表情？剛才那束粉紅浪漫的玫瑰映入眼簾，配上學長懇切真摯的告白，我腦海裡跑過的，卻滿滿都是陳敬的身影。

如果今天是陳敬的話，絕不會是千篇一律的玫瑰，或許是一束草莓捧花又或外表逗趣的白色花椰菜。

如果今天是陳敬的話，不會帶我來看樂團表演，他會親自為我演唱一首他苦思良久寫出的歌。

如果今天是陳敬的話，他會掛著那對欠揍的酒窩笑著對我說：「白亮亮，我這樣是不是很帥！」然後我會一如既往地往他肩膀獻出一拳。

如果今天是陳敬，告白結束後，我們會怎麼做？

是牽著手漫遊，猜拳輸的人請吃冰淇淋，還是搭著公車漫無目的地從起始站一路坐到終點站？

我真的真的好想知道，如果今天你沒有離開，我們會怎麼樣？

我也好奇是否你也像我一樣想念？還是你早已放下過去，展開全新的生活，才會連一封簡訊也沒有呢？

陳敬，我真的很想你，非常非常地想你。

我緊握著隨身聽，躺在床上翻來覆去，卻始終沒有勇氣按下播放鍵，就怕聽見那溫柔穩重的嗓音後，對他的思念不減反增。

就這樣，我的大學生活沒有任何戀愛的成分，平淡無奇的轉眼間就升上大四了，要說陳敬的離開給我帶來了什麼比較正面的影響，應該就是從那之後我把談戀愛的重心轉移到看小說上，為了防止自己一直胡思亂想，有時甚至可以一整天都泡在書局，校園純愛、都會愛情、奇幻、推理，看著書中男女主角經歷分分合合，空虛的心靈彷彿也能暫時得到慰藉，在這樣日復一日耳濡目染之下，我也終於鹹魚大翻身，躍身成為中文系才女，出版了幾本小說，成為一個小有名氣的網路作家。

「親愛的白作家，我說妳書裡的男主角個性可以不要每個都這麼陳敬嗎？我家威力也不錯啊，要不要參考參考。」黃琳捧著我一個月前才剛出版的小說諂媚地說。

「恐怕要等我這本結束才行。」我不好意思地摸了摸鼻子。

「新書？」

「嗯，還在寫，這次是校園。」

「書名是什麼？」

「《為你寫一首名為閃亮的歌》男主角是熱音社主唱的故事。」我默默拿起眼前冒著白煙的焙茶拿鐵輕啜一口。

「唉，妳真的沒救了，完全無藥可醫。」黃琳兩手一攤整個人用力往椅背上靠。

四年了，我依舊沒有陳敬的任何消息，我曾經每天點進陳敬在釜山樂團的粉絲專頁，最後一則貼文的日期，卻依舊擱置在四年前團員們為陳敬慶生時的那一篇。

老實說這樣遙遙無期的等待讓人非常無力，但我卻始終期待著陳敬想通的那天。

為什麼做錯事的明明是別人，我們卻要為此付出代價？

如果再次遇見他我想這樣對他說。

新書出版後的某個閒適午後，我躺在床上睡著香甜的午覺，手機卻突然開始震動，就跟來電者的情緒一樣激動澎湃。

「喂，黃琳。拜託妳讓我睡一下，我前陣子趕稿趕得很爆肝。」

「妳還有心情睡？快點看我傳給妳的連結，現在、立刻、馬上。」

「晚一點再看，我真的好累……」

「笨蛋！妳癡癡想念了四年的那個良心被狗吃的傢伙，在韓國過得可風光了。」

聽到關鍵字我立馬從床上彈了起來。

顫抖地點開黃琳加了好幾個驚嘆號的連結。

果然，當那張帥氣的臉龐映入眼簾，我立刻意識到自己終究沒有辦法釋然，果然如袁東明所說的，時間什麼的都是屁。

四年了，已經過了四年了。怎麼一看到這張臉我還是沒忍住淚流滿面？

四年不見陳敬變得更加帥氣，熟悉的酒窩耀眼地鑲在白淨的雙頰，頭髮染成亮眼的紅褐色，深棕色的眼眸在鏡頭前清澈純淨，宛若烤布蕾上透亮迷人的焦糖，慵懶低沉的嗓音搭配呢喃式的唱腔，彷彿又將我帶回那年初夏第一次見到陳敬的那片海灘。

「亮，聽說陳敬的樂團在韓國出道了！」海娜今天跟吳智凱約會，據說是一看完電影就馬上打電話給我。

「我知道。」我看向窗外冷冷地答道：「我看到黃琳傳給我的連結了。」

「妳……沒事吧？」

「還能有什麼事，這四年我還不是這樣撐過來了，是說如果我的好朋友們可以不要每週都約會，偶爾也來陪我玩一下，我會更好。」我強忍鼻酸，故作若無其事地說。

終於找到了匿跡四年的失蹤人口，理應要感到開心的我，卻有一種一切都結束的感覺。

因為好像就只有我在想念，只有我一個人還活在過去——

陳敬在離開台灣的那一刻起，早就遠遠拉開了我們的距離，可遲鈍如我卻在四年後的今天才認清這個現實，如今我們已經是完完全全的兩條平行線，那個佔據我決大部分青春的男孩，也遺憾地成了最熟悉的陌生人。

*

「恭喜我們亮亮總算跟上大家的腳步成為二十二歲老妹。」黃琳夾起一片剛烤好的孜然羊肉片放到我碗裡。

「哎呀，謝謝這位即將滿二十三歲的阿姨。」

「阿妳個大頭鬼啦。」黃琳舉起筷子作勢要打我。

「我的禮物呢？」我連忙拱起雙手瞪著大大的眼睛，眨巴眨巴地望著兩位正妹友人。

「妳現在事業有成，想要什麼不會自己買啊？我跟海娜是忙著找工作的應屆畢業生好嗎。」黃琳沒好氣地朝我翻了個大白眼。

「我也要找工作啊！而且我今天是壽星欸！妳還一直罵我。」

欸。」

「妳喔，罵了妳快五年也罵不醒，妳說我還能怎麼辦。」

「亮亮！」在我跟黃琳忙著鬥嘴的時候，海娜突然指著我的手叫了出聲：「妳的許願繩掉了欸。」

「咦？真的欸！」黃琳也停下手邊動作盯著我的左手腕：「從高三戴到現在終於斷了！」

我豪不在意地瞥了一眼空蕩蕩的左手：「姐已經決定不再相信這些騙小孩的把戲了。」

「漂亮！來，我敬妳一杯，終於長大了我們家亮亮，我們系公關最近發神經又再拉人辦聯誼，對方是中央大學資工系的！讓他幫妳留個位置。」黃琳舉起手邊的可樂一臉欣慰地看著我。

二十二歲，我對自己最大的期許就是揮別過去，展望未來。

陳敬，我等了你五年，從現在開始老娘真的不會再等你了。

不過說歸說，當我看到陳敬樂團粉專的更新通知時，還是忍不住點了進去。

一張鋪滿草莓的巧克力蛋糕下，文案簡短地用中文打了四個字。

生日快樂。

我揉了揉眼睛來回看了好幾次，11：59分。在這個曖昧的時間點，這則貼文代表什麼呢？我甚至點開每個成員的個人檔案，確認沒有人碰巧也在八月六日這天生日。

在我輾轉反側一整夜之後，隔天一大早就收到了編輯的來電：「亮亮，妳下午可能要來公司一趟，新書這裡出了點問題。」

「怎麼了嗎？都出版兩個月了突然有問題？」因為整夜沒睡，我嘆了口氣，沒好氣地問道。

「有位先生打電話來說要告妳侵權還是抄襲的，反正妳收拾一下快點來公司吧。」

「傻眼，他是瘋子吧？抄妳媽ＢＢ彈。」掛上電話我瞬間感到全身無力，簡單收拾一下便心不甘情不願地出門。

「嗨，小琪姊。」一踏進公司就看到我的責任編輯小琪姊拿著一支口紅補妝，見到我來了急急忙忙貼到我身邊：「對方已經在會議室了，需不需要小琪姊跟妳一起進去，姊姊擔心妳涉世未深。」

「不用啦，估計是個來秀下限的瘋子，我單手解決。」一路走到會議室門口，小琪姊不死心一直緊緊黏在我的手臂上，推開門走進去之前我轉頭看了她一眼：「不過為什麼妳好像很開心的樣子，發生什麼好事嗎？不會來找麻煩的是個帥哥妳才特別補妝的吧？」

聽我這樣問，小琪姊立馬正色：「我……我哪有？」

嗯，真是將此地無銀三百兩詮釋得非常到位呢。我嘆了口氣，推開門走進會議室。

「不好意思，我來晚了。」雖然現在真的不爽到極點，但畢竟已經是個半條腿踏入社會的人類，這種基本的表面功夫還是需要的。

背對我坐在沙發上的男子完全沒有要起身的意思，大咧咧的翹著二郎腿，手上拿著我的書晃來晃去，跩個二五八萬。

我用力吐了一口氣，強忍著想要衝上前去爆打對方一頓的衝動：「那個，先生不好意思。我不知道您今天來的主要目的是什麼，我只不過是個剛起步的新人作家，作品也都是下課時間在宿舍熬夜趕出來的，對於您要提告侵權還是什麼的我真的完全無法理解。」

身著淺藍色襯衫的男子聽完我的話後，從沙發上緩緩站起身來，將我的小說隨手丟到他面前的矮桌上，會議室的氣氛頓時變得非常微妙，我開始後悔剛剛沒讓小琪姊陪我一起進來，俗辣如我，順從心意地往門口的方向默默移動了兩步。

尷尬的氛圍持續一陣後，男子終於開口：「這本小說裡面，擅自收錄了我寫的歌，還有……」

還沒聽他把話說完，我頓覺胸口一緊，像是有人狠狠掐住我的心臟，好像只有靠大口喘氣才有辦法維持呼吸，豆大的淚珠不聽使喚地從眼眶湧出，一發不可收拾。

我認得這個聲音……

淚眼矇矓間，只見男子緩緩轉過身來，兩頰上高掛的酒窩彷彿驕傲地宣示著自己的勝利。

在這場你追我跑的遊戲中，他確實是勝利的那個。

只見他微微勾起嘴角緩步向我走來，頭髮已然變回高中時的淺栗色，眼角依舊可愛的微微下垂，眼神似乎因為工作繁忙的緣故渲染著一抹藏不住的疲憊。

我站在原地默默注視著他，不斷告訴自己：白亮亮不可以哭，哭了，妳就輸了。

雖然本來就已經……徹徹底底地輸了。

我幻想過無數次久別重逢的場景，本以為我會衝上前去緊緊地抱住那個不告而別的壞傢伙，然後大聲告訴他我一直都在等他回來，告訴他我的心裡始終為他保留了一個位置——沒有任何人可以闖入的位置。

只是，當重逢的戲碼真正在眼前上演，我卻只是靜靜地看著他向我走來，看著他眼角似乎也帶著些許濕潤地向我走來。

「妳的小說裡收錄了我高中時寫來安慰喜歡的女生的歌、還有我的故事，甚至還把我寫成一個不告而別的大壞蛋，我不滿意這個結局，我要告妳。」他停在離我很近的地方，在一個如果我不仰起頭來，便只能看到襯衫上第二顆鈕扣的地方。

「你告啊，有種你就告啊。還有你本來就是一個王八蛋，我只不過是在陳述事實，不管你是想告我還是……」我本來想帥氣地回擊，只是話說到一半就哽咽到無法繼續，真是恨透了自己這麼不會吵架，講到激動處只能緊緊握住垂在兩側的拳頭。

見對方遲遲沒有給出回應，我忍不住想仰起頭來一探究竟，只是連他的下巴線條都還沒有看到，背後便襲來一陣暖意，一股強而有力的力量將我向前推進，我一個踉蹌跌入眼前這個壞男人的懷裡。

「看到這本書以後，我覺得如果我不找個理由來見妳，自己會撐不下去，這些年我一直很自責，不管是妳姊姊的事還是不告而別的事，我是毒販的兒子，我爸犯的那些錯害妳失去了家人……我覺得自己根本不配成為妳的幸福，所以我逃走了，我原本以為這是最好的選擇……」

從他胸口的起伏，我知道他也哭了。

我也明白這個緊緊擁著我的男人，還有很多想說的話，只是最後，全被濃縮成一句帶著濃濃鼻音的「對不起」。

「好久不見，白亮亮。」他說。

這聲輕喚讓我好不容易控制住的淚水，又一次不聽使喚地潰堤，染深了他左邊胸口的那抹淺藍。

不公平。

回顧這些年，我越想越覺得心理不平衡，掙脫陳敬的束縛，想好好欣賞一下他哭得唏哩嘩啦的模樣。

只是才剛拉開距離，臉頰便感受到一陣滾燙，淚眼矇矓間唇瓣好像觸及到某個軟綿綿的東西。

他吻得很輕，宛若落在肌膚上的櫻花雨。

緩緩闔上眼皮，眼淚從兩頰滑落，沾濕了捧起我雙頰的那雙手，陳敬纖長濃密的睫毛沾染上水氣輕輕滑過我的鼻梁，癢得我忍不住笑出聲來。

陳敬無奈地嘆了口氣，「白亮亮，妳真的很解嗨。」他稍稍拉開距離，用寵溺的眼神望著我沒好氣地說。

「對不起嘛，誰叫你睫毛這麼長，弄得我鼻子好癢，而且……」話還沒說完，陳敬再一次將我擁入懷中，而後一隻手輕輕覆上我的眼皮，「唉，這樣就不會癢了吧，拜託妳不要打斷我。」

不用看都知道在說這段話的同時，那對酒窩會有多麼猖狂欠揍，陳敬再次彎下身來輕輕貼上我的雙唇，這一次沒有誰打斷誰，這個吻遲到了將近五年，或許更久，所以至少現在要給我們足夠的時間彌補過去所有的等待與想念。

「我很想你，白目亮。」陳敬把頭輕輕靠在我的肩上無比溫柔地說。

「我也是，王八蛋。」我緊緊環抱他結實的背，在他耳邊幸福地落下這句話。

只是……

「你也是王八蛋？」我們的浪漫永遠持續不過三秒……

在我拱起膝蓋往陳敬的要害獻出一腳之後，我們長達五年的別離就這樣在會議室的你追我跑中畫下句號。

甜膩肉麻的台詞果然還是不適合我們，或許互相找碴、打打鬧鬧才是我們相愛的標準公式。

嘿，陳敬，過去、現在、未來，還請讓我在你眼中，繼續閃亮。

最終章

白亮亮：堂哥收到東西了嗎？

陳敬：收到了！不過真的沒關係？這些不都是妳姊姊留下來的嗎？

白亮亮：現在才把它交給堂哥我還覺得太晚了呢。

白亮亮：不過，其實我是有事想拜託堂哥啦……

陳敬：什麼事？說來聽聽～

白亮亮：姊姊的遺物裡有一本密碼筆記本我一直打不開，不知道堂哥會不會知道密碼……

已讀。

在一起沒多久，陳敬這個沒良心的傢伙就給我跑回韓國籌備專輯，我託他把姊姊的部分遺物帶回韓國給堂哥，諸如那張社團表演的相片還有那本上鎖的日記，結果這個辦事不利的傢伙竟然已讀我！

「為什麼我覺得妳交男朋友以後氣色變差了？」黃琳身著一套白黑ＯＬ套裝超級正地向我走來。

「因為交了一個王八蛋男朋友，我最近在思考是不是該把他換掉。」

「是喔，妳捨得嗎？」

「就是因為捨不得才氣色差！」我的怒吼引來路人關切的目光以及黃琳的爆打。

這些我打算在那個王八蛋回來之後全部算到他頭上！

陳敬：報告豬老大，明天晚上20:00在妳家旁邊的環湖公園等我！我一下飛機就去找妳。

哼，我才不要。

我才不要什麼都聽你的！我就是偏偏要19：50到，怎麼樣！你咬我啊。

唉，只是生氣歸生氣，當我看到拖著銀色行李箱一臉疲憊向我走來的男人時，還是忍不住吞了口口水在心裡感嘆道：天啊我怎麼會有個這麼帥的男朋友！

「妳那個表情是怎樣，想把我吃了嗎？」陳敬在距離我不到五十公分的位置停下腳步。

「對啊，可惜我的牙齒不夠利，所以把我媽的菜刀一起帶來了。」我作勢要從側背包裡掏出個什麼來好好治治這個一出門就好像失蹤的王八蛋。

「吶，不要太愛我，」陳敬卻突然把一張專輯遞到我面前，眼裡噙滿笑意：「當我知道這件事以後本來想馬上告訴妳，可是我又想看看妳現場會是什麼反應，所以就拖到現在啦，不要生氣嘛。」

我愣在原地滿臉問號地接下陳敬手上的光碟：「鄧麗君？給我這個幹嘛？這不是堂哥櫃子裡的珍藏嗎？」

「妳打開看看啊。」陳敬繞到我身邊，伸手拍了拍專輯封面。

我抬頭瞥了他一眼，「什麼嘛，神祕兮兮。」只不過說完還是很聽話地打開那張有點年代感的CD。

在翻開白色背蓋的那一刻我忍不住訝異地倒抽一口氣。

原來那天在釜山的小旅館內，我與真相的距離是如此靠近……

隔著薄薄的專輯外盒，我小心翼翼捻起那張略微泛黃的照片，姊姊穿著氣質優雅的鵝黃色及膝長裙，挽著身旁男人的手對鏡頭露出甜美的微笑，在他們身邊有個酒窩高掛的小男孩，輕輕將手平放在一旁為了滾到草地的草莓果凍而眼角帶淚的小女孩頭上……

「這個是……」望著那張照片，我訝異地說不出話。

「筆記本的密碼就是堂哥的生日。」陳敬溫柔地在我耳畔低語，緩緩將專輯翻至背面。

那行用奇異筆寫下的「2003.02.16祝你生日快樂」又一次映入眼簾。

原來，那組密碼隱含著姊姊刻骨銘心的愛……

對於那個從未忘記她的男人而言，這些足以當作一份遲來的安慰嗎？

*

一片微黃的落葉在空中翻轉數圈旋即墜入湖面，驟起一圈圈的漣漪。

入秋了，夜晚的公園颳起徐徐微風，陳敬牽起我的手在黃澄澄的路燈下沿著湖濱漫步。

在這條看不到盡頭的漫漫長路，每一段相遇、相識、相愛或許都有他的道理，而我們在那個一無所有的年紀，為了一份單純的悸動所能給予的，也恰好只剩一顆炙熱跳動的心臟而已。

「妳有想我嗎？」陳敬把我的手晃得老高，轉過頭來嘻皮笑臉地對著我露出一抹欠揍的微笑。

「有，想死你了，所以如果你再敢給我搞失蹤，我就把你換掉。」

「蛤，妳捨得喔？」陳敬微微垂下眼皮，又一次露出委屈的表情。

「唉，」我忍不住嘆了口氣，「所以你最好永遠都不要讓我有這個機會。」

語畢，我在他深深陷進雙頰的可愛酒窩上，輕輕落下一吻。

（正文完）

番外篇 他的祕密

「我希望白亮亮可以幸福，忘掉過去所有不好的回憶，永遠幸福快樂。」

睜開眼後，只見白亮亮像隻加菲貓一樣，眨著一雙大眼睛好奇地望著我，「所以你第三個願望許什麼？」

「說出來就不靈了好嗎？是不是傻。」我笑著拍拍她的頭，自顧自地切起蛋糕。

原本我以為只要能安分地待在她身邊，就算白亮亮看著的那個人不是我也無所謂。

那天在海雲台的海灘上，我一眼就認出了她，在我最低落的時候……

她用滑稽的姿勢試圖穿過人群，東張西望地朝我的方向走來，然後不出所料地在所有人面前，隆重上演了一場摔跤的戲碼。

小時候的白亮亮也時常做一些讓我無法理解的事，起初我只覺得在一旁看著很新鮮很好玩，可後來卻漸漸發現，不按牌理出牌，就是這個女孩最有魅力的地方。

看著她嘟嘴對著身旁的外國人說話的模樣，我忍不住笑了出來，這麼久沒見，一生氣就噘嘴的習慣還真是一點也沒變。

或許是察覺到周圍的沉默，她終於將目光轉向我。

「好久不見，白亮亮。」我默默在心裡對她說，雖然我明白她早已無法認出我來。

從那一刻起，我突然覺得要回台灣生活好像也不是一件那樣壞的事。

從出生到現在見過沒幾次面的老爸在出事以後，醫院輾轉聯絡到堂哥，其實我覺得很可笑，當年那場車禍一夕之間打亂了所有人的生活，白亮亮失去了姊姊、堂哥一家不堪輿論攻擊被迫搬離原本生活的地方。憑什麼，到底憑什麼還有臉聯絡我？這種人，死了都不足為惜了，到底還要我做到什麼程度？

「回台灣還會繼續玩樂團吧？」登機前，堂哥眨著眼睛不安地問道。

「那是當然的啊！」為了不讓他擔心，我掛上比任何時候都還要燦爛的笑。

其實在回台灣前我就已經做好覺悟，樂團什麼的對現在的我而言都太奢侈了。如果不找份工作我根本沒有辦法生活。

「欸，你要加入熱音社或流行音樂社嗎？」那是白亮亮第一次主動找我說話。

老實說，很多時候我不知道該怎麼回答她的問題，有好幾次我很想將所有事情全盤托出，但是我害怕，我害怕她會受傷，我害怕那天那個坐在人行道上崩潰大哭的小女孩會又一次憶起親人在眼前死去的模樣，我不想她難過，所以在她面前我總是掛著笑臉，我喜歡看她被我氣得牙癢癢的模樣，因為總比哭喪著臉來得好。

「嗚嗚……好痛，嗚嗚……你可以拍拍我的頭嗎？」小時候白亮亮總是跌跌撞撞，跌倒了就會淚眼汪汪地抬起頭來這樣對我說。

「不哭不哭眼淚是珍珠，不哭不哭眼淚是珍珠。」我會拍拍她的頭，像是有什麼魔力似的，只要這樣拍拍她，過一會兒就會好。

可是長大以後，我卻開始害怕她的眼淚。

那天下班在回程的公車上，我看到那個躲在窗邊哭泣的女孩，我沒有問她為什麼哭，因為我知道現在的她喜歡著另一個男孩。

所以我唯一能做的就是讓她放肆大哭一場，拍拍她的頭告訴她沒關係，哭一哭就會好。

「你為什麼都不問我剛剛為什麼哭？」白亮亮的純粹，卻總是讓我感到慚愧。

因為我不想再一次聽妳承認自己喜歡他。

望著她的臉，說出口的卻變成這樣冷冰冰的一句：「妳希望我問嗎？」

只是從那一刻起，我再也騙不了自己——從再次見到她的那一天，我便起了貪念，想要永遠留在她身邊的貪念。

我曾經自私地期待著，白亮亮在知道真相後或許能對過去釋然，她會笑著對我說：「沒關係的，都過去了。」

「如果我真的有個販毒又是幫派幹部的堂哥，妳會怎麼想？」

見到白亮亮猶豫的神情，卻讓我重新意識到害她變成這樣的人並不是堂哥，也不是別人，正是我的親生父親。

於是，罪惡感又一次將我淹沒。

我不敢想像當她知道真相時會感到多麼震驚。

等到那個時候，我沒有把握自己還能厚顏無恥地乞求她的原諒，那樣太殘忍了，對白亮亮來說太殘忍了。

所以我選擇離開，我以為時間可以沖淡一切，回到過去還沒有重逢的那段日子。

我跟著堂哥一家人搬到首爾展開全新的生活，意志消沉了兩年，這段期間我不再玩樂團，課餘時間隨意找了份外送的工作，白天上課晚上工作，把自己累到連胡思亂想的力氣也沒有，成為我唯一的生活目標。

直到吳醫生寄給我一本書，並隨書附上一封信：

陳敬你好，好久不見你過得還好嗎？

你讓我轉交包裹的那位女同學最近出書了，感覺你會好奇，故隨信附上。

我花了一整夜的時間閱讀，直至回過神來才發現自己早已淚流滿面，積累多年的情緒、麻痺自己設下的防線在那個夜晚瞬間潰堤。

白亮亮並沒有因為我的消失而變得幸福，字裡行間透露著——她不快樂。

我們都不快樂。

其實我很想立刻前往機場，搭上最早的一班飛機，厚臉皮地回到她身邊，但是當我意識到以自己現在這副模樣，是絕對沒有辦法為她帶來幸福的時候，我便下定決心要振作。

花了將近半年的時間與幾個志同道合的朋友組了樂團，開始往各個經紀公司投遞試鏡帶，終於被一個才剛起步的經紀公司相中，從訓練到簽約一晃眼就是一年多的光景。

離開妳將近五年了，如果我現在回去要拿什麼理由見妳呢？

當我回過頭來正視我們之間匆忙流逝的歲月，我才發現，自己早已找不著任何能夠悄然無聲回到白亮亮身邊的藉口。

直到又一次收到吳醫生寄來的新書，看到書名的那一刻我便決定，這一次不管結局如何，我一定要重新回到白亮亮身邊……

《為你寫一首名為閃亮的歌》，寫著屬於我的青春。

只是，如果是與妳有關的青春，我希望結局能是好的。

後記

哈囉大家好，我是烏瞳貓。

首先當然要老套地感謝一下看到這裡的所有讀者，陳敬和亮亮就這樣陪著我從大三的暑假一路走到了二〇二一年，加加總總也快三年的歲月啊。

在後記想任性地聊聊開始提筆寫這個故事的契機，一切要從大三那年暑假說起，大三暑假是相當忙碌的兩個月，除了要籌備畢業展、營隊、打工等等的事情之外，也開始思考就業、考研之類的人生大事，某天整理房間的時候，發現一本國小畢業寫給十年後自己的一封信，十二歲的我，在十年後想成為什麼樣的人的欄位裡，歪歪扭扭地寫下：作家。兩個字。

時光匆匆，距離這份十年之約，竟只餘下不到一年的光景，於是，高中畢業後便不曾認真提筆寫下任何篇章的我，又給自己立下一個目標——在大學畢業前，完成一本小說，就算只是寫著自娛，也無所謂。

就這樣，蠟燭多頭燒的兩個月暑假，也只有和家人到釜山六天五夜的旅行可以暫且喘口氣，放鬆一下。

從七月初決定要寫小說，到了七月底卻依然想不到可以寫什麼的我，就這樣迷迷糊糊地上了飛機，帶著一顆放空的腦袋，快快樂樂地去了趟釜山。

釜山是一座很美的城市，雜揉了許多迷人的元素，其中最廣為人知的應該就是海雲台這個景點了，身為負責排行程、訂機票的萬年小導遊，我特別安排了行程最後幾天在海雲台度過。

某天晚上，我們住在海雲台附近的濱海民宿，老闆告訴我們最近有夏日音樂節的活動，傍晚會有很多樂團在海邊表演，熱愛湊熱鬧的我當然二話不說，拉著弟妹妹到附近的超商買了巧克力派和香蕉牛奶，一路往海邊直直衝。沙灘上早已聚集了許多慕名而來的遊客，踩著白沙聽著浪花，我的目光很快便落在其中一組表演團隊上，幾個男孩目測約莫十七、十八歲的年紀，超齡的外表配上一雙雙傲人大長腿，深情地在柔和的月色下演唱了一首韓劇主題曲（是哪一首我有點忘了）。只是盡情地發完花痴後，突然靈光一閃，陳敬的形象就這樣活脫脫地蹦了出來，而我又剛好咬下一口巧克力派，於是便順帶產出了陳敬「愛吃巧克力」的人設哈哈哈。

回程的飛機上，我沿路都在構思，像這樣一個跨國的男主角，到底可以發展出什麼樣的故事？雖說想寫的是校園愛情，但是又不想讓它只是校園愛情，可以埋一點製造懸念的線索進去最好，於是兜兜轉轉又過了兩個月，稿子依然還是空白的，直到畢業展忙完、研究所放榜，我才正式坐在電腦桌前認真的敲下這個於我心中停留已久的故事。

帶了一點微甜、一點青澀、一點遺憾的故事，或許這也是我對於校園生活的一種道別，可以以這種方式道別，我感到很欣慰，也很高興自己沒有對十年前的自己食言，雖然遲到了，但我依然堅持並熱愛著文字與說故事這件事。謝謝陪我見證這段旅程的所有人，雖然《閃亮的歌》在此，要暫時落下一個句點，但我相信，總會有一首歌、一段故事、一個已完成或未完成的結局，不論是快樂還是遺憾的，都能在你我的青春裡永永遠遠地閃閃發亮著。

烏瞳貓2021.09.15

要青春89　PG2655

要有光 FIAT LUX

為你寫一首名為閃亮的歌

作　　者　烏瞳貓
責任編輯　姚芳慈
圖文排版　陳彥妏
封面設計　劉肇昇

出版策劃　要有光
發 行 人　宋政坤
法律顧問　毛國樑　律師
印製發行　秀威資訊科技股份有限公司
114台北市內湖區瑞光路76巷65號1樓
電話：+886-2-2796-3638　傳真：+886-2-2796-1377
http://www.showwe.com.tw
劃撥帳號　19563868　戶名：秀威資訊科技股份有限公司
讀者服務信箱：service@showwe.com.tw
展售門市　國家書店（松江門市）
104台北市中山區松江路209號1樓
電話：+886-2-2518-0207　傳真：+886-2-2518-0778
網路訂購　秀威網路書店：https://store.showwe.tw
國家網路書店：https://www.govbooks.com.tw
總 經 銷　聯合發行股份有限公司
231新北市新店區寶橋路235巷6弄6號4F
電話：+886-2-2917-8022　傳真：+886-2-2915-6275

出版日期　2021年11月　BOD一版
定　　價　320元

讀者回函卡

Printed in Taiwan

國家圖書館出版品預行編目

為你寫一首名為閃亮的歌/烏瞳貓著. -- 一版. --
臺北市：要有光, 2021.11
面；　公分. -- (要青春；89)
BOD版
ISBN 978-626-7058-07-7(平裝)

863.57　　110016025